有一段路，我们相遇在地铁

连忠诚 著

南方出版传媒 花城出版社

中国·广州

图书在版编目（CIP）数据

有一段路，我们相遇在地铁 / 连忠诚著． -- 广州：花城出版社，2020.11
　ISBN 978-7-5360-9238-9

　Ⅰ．①有… Ⅱ．①连… Ⅲ．①纪实文学－作品集－中国－当代 Ⅳ．①I25

中国版本图书馆CIP数据核字(2020)第193478号

出 版 人：	肖延兵
责任编辑：	揭莉琳
技术编辑：	凌春梅
封面设计：	DarkSlayer
内文设计：	齐力联合
插　　画：	王鸽文化传媒

书　　名	有一段路，我们相遇在地铁 YOU YIDUANLU WOMEN XIANGYU ZAI DITIE
出版发行	花城出版社 （广州市环市东路水荫路11号）
经　　销	全国新华书店
印　　刷	佛山市迎高彩印有限公司 （佛山市顺德区陈村镇广隆工业区兴业七路9号）
开　　本	880毫米×1230毫米　32开
印　　张	6.375　1插页
字　　数	100,000字
版　　次	2020年11月第1版　2020年11月第1次印刷
定　　价	39.80元

如发现印装质量问题，请直接与印刷厂联系调换。
购书热线：020-37604658　37602954
花城出版社网站：http://www.fcph.com.cn

目录

序   *001/*   地下有光

篇一   **万事有心**

009/   在地铁看书的文艺女青年

012/   眼镜绅士

016/   地铁上坐马扎算不算违规？

020/   手持玫瑰在地铁求婚

025/   宋警花抓贼记

029/   郭警花抓贼记

033/   兵歌哥郭警官

038/   我被时尚男让座了

041/   一场手机带来的误会

045/   理发师的剪刀

049/   抑郁文身男

053/   长裙妹妹

 **万事有情**

059/ 萤火虫的微光

064/ 几度夕阳红

067/ 抱娃娃

071/ 在地铁里醉酒的外卖小哥

075/ 发广告传单的奶奶

079/ 父女情

082/ 爱相随

086/ 一位见义勇为的英雄

089/ 一次与陌生人的交谈

093/ 刑警老祝的爱妻秘诀

 特殊时期的祝福

099/ 口罩遮蔽下的暗流涌动

105/ 异常冷峻的空间

109/ 站口的流浪汉

112/ 祝福清晨列

篇四　五味杂陈

119/ 你的善良必须有点锋芒

124/ 不做"叉腿族",文明你我他

128/ 防丢娃

132/ 在地铁跳钢管舞

135/ "连体婴"

138/ 请戴上耳机

141/ 遇见猥琐男不要怕

145/ 将偷拍男绳之以法

149/ "门神"与技术员

篇五　留心周边

157/ 小伙摆摊贴膜

160/ 地铁拾荒

164/ 寻妻的四川大哥

168/ 地铁周边的摩的司机

174/ 花瓶女生

179/ 卖花阿姨

184/ 午夜列车

后记

187/ 开往春天的地铁

序

地下有光

城市，以繁华璀璨的模样，展现在大地之上，高楼林立；藏在高楼大厦底下的小火车，在规定的轨道上不停地各行其道，奔赴各处。每天，城市和地铁一起，一起苏醒，一起沉睡。一座城市，总有令人念念不忘的地铁故事。很多时候，地铁作为一种交通工具，已经成为现代都市的一个隐喻。行驶在轨道上的列车是整个城市系统和生活在这个系统里的每一个个体，日复一日有序运转的经典意象。乘客形形色色，各有归途，但地铁，无疑是个体命运的载体与路径。

我在城市，在城市的地下30米，或者更深。地下无光，也有光。

来来去去的地铁搭乘中，或许，你从来都不知道会遇见谁，谁会遇见你，会有怎样的故事。拥挤不堪的车厢中，各种情绪、表情，都是故事的瞬间态度，它见证着来去匆匆的时光，回首、聚散、背影、告别，相见时难别亦难的等待……地下有光，亦有风，各种故事都在时刻上演直播，仿如海潮一般的人流，江湖一般的地下世界。

早高峰、晚高峰，那些睡眼迷离的上班族、哈欠连天的夜班工作者、期盼归家的异乡人，以及那些背着包或者手提行李箱的乘客，他们都有一个共同点：手持各式手机，活在自己的屏幕世界里。他们是路人，是城市过客，是这座城市的建设者，奔赴在各个岗位，穿梭于每一个空间，他们也是社会群体中的生命个体。

我坐在车窗的排椅上，为了掩饰身份，也装模作样看手机，即便内心有众多焦虑不安，甚至浮躁的情绪，也要用观察的方式来窥探人群的幸与不幸、得到与失去，收放自己的喜悦与悲哀。在每一站的停留瞬间，随着人来人往交会、聚集、离散、消失，内心涌动的紧张会喷射而出，一泻而下。你不知道在这里，会遇见怎样的风景或者怎样的一群人，会有怎样的感受与情绪，又会有怎么样的表达与倾诉。要如此快速地厘清，实属一件难事。

我们都在地下30米，安静站立着，任凭一个巨大的载体盛着我们等待的肉体飞驰起来，呼啸而过。谁能体会你的疲惫与孤独，你的踌躇满志、心有不甘？谁能理解、宽容自己曾经的丑陋？谁能盘算未来的迷茫与未知？

如今想起来，地铁看手机，那便是我用来对抗寂寞，以及对未来的彷徨的方式。日复一日地拖着疲累的身躯挤地铁归家，一脸松弛耷拉的表情，在换乘站候车排队，遇到了同样归家的你。两人萍水相逢，隔着轨道屏蔽门，瞬间错位而去。另一辆列车飞驰而至，我随着人流挤入车厢，在不同的时间地点中切换角色。贴身贴背，满腹尴尬。几乎所有人都低头摆弄着手机，仿佛不玩手机就是一个异类，与群体不合。再抬头，已到站点，车厢内转换成另外一个场面，身边的面孔、性别都变了样。

换乘之后，我习惯透过车窗玻璃观看林林总总的广告灯箱，有大尺度的美女手机，有梦幻一样的房子，有耀眼的豪车等，它们与两侧即将来临的黑暗明显不同。列车离站的一刻，眼前的迷离灯光瞬间变成漆黑，消失在远方，最后仅剩车厢内的亮光。

列车一个瞬间转弯，飞驰爬坡、下坡，在你还未知觉脚下变化之时，零星闪现的灯光渐渐清晰明亮起来，越来越亮，下一站到了。广播总是保持彬彬有礼，双语表达，字正腔圆，时刻在提醒着我们到达地。这样的旅程，就像自己在黑暗中求索光明，摸索一段无名的路途。欲得光明，就要先经历黑暗的煎熬，这不算一个漫长的等待，而光明总是如期而至，及时显现。

写地铁的众生相，是缘于单位分流调动，我来到地铁工作。最开始并没有多少想法，还好我负责宣传，还是老本行。每天看着来往拥挤的人群，我内心升起无限感动与感慨。于是，我开始用随身的笔记本记录途中的故事：有时气愤，气得不得不提前下车，等候下一班；有时感动，悄然地陪他们下车并目送很远，甚至关心他们的后续。有时候，无奈无力，不知所措。每天的故事，激发我创作的热情与激情，这本《有一段路，我们相遇在地铁》，是我以一个人民警察的身份看待车里车外的故事，更是全国首本地铁人民警察书写地下众生相的作品。

以前总是一个人孤独地写作，担心他人知晓，在一个没有人关心文学的地铁空间里，像一个性格孤僻的孤儿，用文字自我取暖，以文字点灯。文字在黑夜里照亮了我，照亮盘踞在我身体里的心魄。相信很多写作者在文学的路上经历过这样的情形。也许很多人在文学的路上努力着、憧憬着，但照耀他的光还在更远的路上。只要我在路上，相信那些光，即便是微弱的，也会照耀着我。

我相信在和平年代人民警察依然是最可爱的人，一流的队伍需要一流的表达，讲好警察故事已经势在必行。我们的群体常遭遇群众的不理解，甚至误解。公安文学数量少而不具普遍意义，但它仍是一道亮丽的风景线，跃然在人民警察队伍和群众面前，无疑起到了缝合两者关系的作用。显然，在群众面前，我们需要表达。我们需要用文学这样一种形式，来表达我们的存在、思想、境遇、焦虑，得失成败和欢喜悲伤。从这种意义上说，公安文学无疑成为我们人民警察抒发情感的窗口，可以修复警察的委屈，化解群众的误解，从而达到和谐关系。

一趟一趟呼啸而过的列车，一群便衣警察坚守其中，用行动践行着理想。开往春天的地铁，这里面有男有女，有老有少，他们构建了整个地铁的群体样本，也释放出个性的张扬。我以此期待，搭乘地铁的人群，不论是匆匆过客还是勤勤勉勉的上班族，都在呼啸而过的瞬间把握生命的真谛。

在一次结束一天的勤务、回家的途中，因为时间紧促，行程十分赶。我匆匆坐上地铁，列车启动，有光的站和站与站之间黑暗的隧道，抚慰不了我焦急的心。我一站站地倒数,多希望下一站就是终点。一个多小时过去了,最终还是错过地面最后一班公交车。第一次,我在地铁上感受到了彷徨和无助。我把乘坐地铁和乘坐飞机做一个比较,它们有很多类似的情况,可一旦下了车,出了站,又必须立刻满血复活,调整态度,包括自己的微笑,去勇敢地面对即将扑面而来的一切际遇。这仿佛是一个生活的隐喻。

孤独的写作,几经较量磨合。疫情突然来袭,我们都坚守在疫情一线,那一位因单位分流在地面派出所的同事樊树峰,连续加班排查疫情,因积劳成疾突然离去。一夜之间,所有人都保持了沉默和距离,变得谨小慎微起来。城市按下暂停键,而地铁,也不再是海洋和江湖的各种人头攒动,而是各式口罩下紧张的眼神。相比之前的燥热拥挤,当下地铁里的冷寂空松,仿佛两个极端。

在这个压力山大的时代里,来去匆匆的人群中发生的事,值得人静心考量,因为地下有光,也有风。

篇一

万事有心

- 在地铁看书的文艺女青年
- 眼镜绅士
- 地铁上坐马扎算不算违规?
- 手持玫瑰在地铁求婚
- 宋警花抓贼记
- 郭警花抓贼记
- 兵歌哥郭警官
- 我被时尚男让座了
- 一场手机带来的误会
- 理发师的剪刀
- 抑郁文身男
- 长裙妹妹

在地铁看书的文艺女青年

想写写地铁里那些享受安静阅读的人。

第一班车。我需要去紫荆山站警务室刷脸打卡。在随人流上车后,看见如此清新的阅读女青年,也颇有触动。在这个浮躁的空间里,能认真读书的人,实在是可爱也可敬。有一个马尾辫女生,大约是东区来的大学生吧,几乎天天都在车厢里阅读,每次都带一本书,有时候还做做笔记。

这是早晨第一班地铁,站台上等车的人并不多。有的掏出手机来,看看时间,顺便打一个哈欠;有的东张西望四处打量,努力让自己不再睡眼蒙眬;有的走来走去,寻找着最佳角度,时刻准备在地铁门开的瞬间抢占先机。而那个女孩,穿着一身牛仔

有一段路，我们相遇在地铁

服，戴着一副眼镜，安静地站在那里，手里捧着一本书，肩膀上背了一个小背包，沉浸在书本的世界里。人来人往并不能给她带来什么干扰。她安静如水，清爽干净的容颜看上去十分淡定，似乎应了谚语说的，读书可以改变容颜的哲理。

地铁来了，女孩不紧不慢上了车，不出意料的是，她并没有去抢一个座位，这好像也没有给她带来困扰。她就直直地站在那里，依然认真地在看书。地铁在城市的下方呼啸而过，忙碌的人们低头把玩着手机，这个安静的读书女孩，就是车上的一股清流。她看得那么专注，在这样的一个清晨，争分夺秒学习的身影，是地铁上一道美好的流动的风景。

也许是站得太累了，女孩半蹲一下变化了一个姿势，微微地靠在了车厢的扶手栏杆上。身子稍稍倾斜，背后的书包滑落下来了一些。背后的人们沉浸在手机的世界里，读书女孩沉浸在自己手中的书本里，与世无争。我被她的专注吸引，为她的努力而赞叹。阅读真好，但很多人都忘记了初衷。很多人都是通过读书来城市打拼，但是一旦有了家庭，说仔细点，有房子、车子后，励志的阅读或许再也找不回来，时间精力好像被家庭琐事所侵占，甚至再也不想阅读了。地铁上看书讲究时间，最好避过早、晚高峰期，高峰期人太多，人挤人，大脑严重缺氧，看不了几页估计

万事有心

在地铁看书的文艺女青年

就眼花了。

或许是看书累了吧,女孩合起了书本,放回书包里。地铁带着人们在奔波,穿梭忙碌的身影一刻不停,有人上车,有人下车。渐渐出现了空座,女孩也坐了下来。默默地摘下了眼镜,微微闭起了眼睛,安静地养起神来。"地铁再挤,读书人也能找到自己的精神角落",让人不由想起来这样的一句话。在地铁看书的人其实不多,五十个里面有一两个就不错了。物质的城市,大家都忙着挣钱,打拼,几十年折腾个房子就已经让人精疲力竭了。

可是人还是需要仰望星空的,不是吗?即使拥有房子、车子、票子、美女、帅哥,也带不来心灵最终的平静与欢悦。低头捡六便士的时候,还是要抬头看看月亮。

有一段路，
我｜们｜相｜遇｜在｜地｜铁

眼镜绅士

城市，以繁华璀璨的模样展现在来去匆匆的行人眼中，当高楼大厦的繁华落尽时，城市的地下另有一幅美丽景象。藏在城市地下的小火车，在规定的轨道上不停地奔跑，向各方输送乘客到固定位置。每天，城市和地铁一起苏醒，一起沉睡。一座城市，总有令人念念不忘的地铁故事，比如，如此陌生的环境里，又在如此拥挤的空间，难得遇见的一位眼镜绅士。

久闻1号线早晨八点换乘异常拥挤。因为运动会火炬传递，实施交通管制，更加拥挤的地下空间不得不让人抱怨一声。因为交通管制，很多人只好采用地下交通，造成地铁里人员密度有点大，平均每平方米要站五六个人，当真是只有立锥之地！排队

万事有心

眼镜绅士

时，恰好遇见两个美女，一前一后，站在眼镜男前面，其中一个美女怀孕应该半年了吧，另外一个身材玲珑有致，风姿绰约。她们不得不紧紧地贴在一起。说实话，我当时真以为眼镜男要么是这孕妇的老公，要么是另一个美女的老公。

车门打开，播音员不厌其烦地开始说话，声音甜美，字正腔圆，双语播放。很多人上了地铁，也有很多人下了地铁。哎呀，只见眼镜男神速地抢到一个座位，安安稳稳放下背包，然后立马跑去喊排队时在自己前面的挺着大肚子的孕妇过来坐。孕妇看起来身体很虚弱，年龄三十好几吧，当时我在想：眼镜男把包丢下就这样跑开啦，也不怕别人瞬间把背包给拿走了。这样的场景也让我想到，孕妇不易，老公抢位置也是常理之事。多好的老公呀，换作我，估计是没有他跑得快，也没有他情商高，压根不会讨好媳妇，多幸福的老婆呀。我就盯着他们看，孕妇旁边刚好坐着一个眼镜女，眼神羡慕地问孕妇："这是你老公啊？"一边说，一边打量着眼镜男。眼镜男望着车顶，好像若无其事一样。孕妇居然说不是。只见这位跟我一样好奇的眼镜女又接着问眼镜男："你是从北京来的吗？"眼镜男回答："不是，我是农村的。"眼镜女又问："那么远，你怎么看到她在那边啊？"眼镜男回答："刚在外面排队的时候我就看到了。"然后眼镜男继续若无其事地望着车顶的方向。

另一个美女当然是站立着,和眼镜男紧紧挨着,他的身体几乎贴着她的背部,坦率地说也贴着臀部,你们可以想象那个体位的尴尬,车的晃动或者稍微一点拥挤就会令他们摩擦。他的鼻孔正好搁在美女的头顶,眼睛可以翻过她的头顶看到另一位美女的俊脸。而眼镜男很容易跟背对着自己的美女身体大幅度接触,是不是这男的有想法,想揩油,或者讨好孕妇是因为看上同行美女?

我仔细打量这个眼镜男,年龄嘛,30岁左右,平寸头发,戴一副黑框眼镜,满头大汗,上穿细格子的浅色衬衣,下穿一条黑裤子,衬衣是扎在裤腰里的,红色格子领带很板正地戴在脖颈间,鞋子看不清楚,背着个像是电脑包那样的双肩包,整套衣服看起来稍带休闲,但还是有点商务,看起来不是刻意打扮非常整齐的那种。形象一般,不胖不瘦,中等身材。他挨着身材姣好的美女也丝毫没有乱动,双手抱肩,也避免了无限遐想的尴尬,背靠着柱子,不死盯人脸看。当车晃动时,他总是收一下身子,避免挨着美女的臀部,甚至他后退一下不小心踩住另外一个男士的脚。

就眼镜男这一举动给我提劲了,原本又累又困的我情绪一下

万事有心 篇一
眼镜绅士

子被这样的三个人点燃了,就像让我看了一回不同寻常的直播。孕妇和随行的美女以及眼镜女都下车后,我就使劲盯着眼镜男,我倒要领教一下他是不是虚伪。他一直没有坐,其间有很多机会。忽然,他脚前有一百元钞票,他喊了一声"谁的钱丢了",我摸了一下自己的口袋,确认是我的,他弯腰捡起来,直接递给我。我表示谢谢客套一下。这时候心里一直嘀咕:这回我一定要跟他搭讪搭讪!心里一直在谋算着……

不知何时,他下车了,我也下车了,坐在站台很久,听着由近及远咣当咣当的铁轨声。我觉得挤地铁时,比较能体现出一个人的本质,比如有的男的平时很谦让,对女的很绅士,可一到挤地铁时就全忘了;有些男的也很势利,被一个女的挤了,就破口大骂;不过有一些女的,也丢了平时的贤惠淑女模样,车门打开的一刹那,那叫一个女汉子!冲冲冲,在拥挤的过程中,难免被碰到身体,立即破口大骂,大动干戈,甚至报警!为一个"对不起"三个字就能解决的问题,竟然大闹到警务室。

今天的和谐,是我向往已久的——警务室的怒目相视,谩骂口沫,一地鸡毛,让人生厌。这位眼镜绅士的行为让所有尴尬都离场,呈现和谐局面,避免口角战争,让列车仿佛开往春天的地铁。

有一段路，
我们相遇在地铁

地铁上坐马扎算不算违规？

说到地铁上坐马扎，我内心是矛盾的。带小马扎入车厢里面坐，算不算违规？如果大家都这样带小马扎，是不是会加重高峰期的负担，导致大家更堵，甚至让地铁处在无序的状态下？

今天我照例坐地铁上班，照例从最后一节车厢上车，照例靠在司机驾驶室后方的墙面上，但不照例的事情发生了。旁边一位大哥，很淡定地一边打电话，一边从背包里掏出一个很精致的折叠式小马扎，淡定地打开小马扎，淡定地坐下，淡定地继续打电话，就这样淡定地坐了一路。

当时我在"马扎哥"的旁边，看得我是很不淡定啊。长途火车上坐小马扎的人多，不新鲜，可毕竟在地铁里坐马扎的人少

万事有心 ①

地铁上坐马扎算不算违规？

啊。看到马扎哥如此悠然自得地坐在马扎上玩着手机，这样的行为是不是打了地铁的擦边球？

最近发现1号线的年轻"马扎族"，在上下班时间陡然增加起来。但是一个人坐着小马扎，站着的人怎么办？坐马扎至少会占两个人的位置，而且移动不了。由于没人制止，这类"马扎族"有越来越多的趋势，早高峰时段可以见到多个。以前"马扎族"都是老年人，现在的年龄结构越来越年轻化，出现了不少白领青年。

两个大叔从会展中心站上车，手里各自拿一个折叠的小马扎，一上车，就挨着车门直挺挺坐下，把包放在地上，专心低头看着手中的手机，完全不管自己对其他人造成的影响。两人挨着坐，形成垄断地形，行人很难移动，大有像闸门一样拦截住肥水不外流的样子。其中一个大叔耳朵上夹着一支香烟，手里玩着手机；另外一个大叔的手指缝中夹着一支香烟，他们都没有点火的动作，手指在拨动着手机屏幕。他们无视其他乘客，聊得特别投入。路过的人都白着眼，敢怒不敢言。他们一个臀部就占一个人的面积，伸出向前倾斜的脑袋也占一个人的面积。

一位乘客见状自言自语起来，也好像在说给身边路过的人听："怎么无人管啊，这类'马扎族'越来越多，每天都见到好几个。"

"都是去东区如意湖看大玉米的。小马扎可以随时收放,走累了就可以歇歇,早上地铁里找不到位置,还可以解决这个问题。"大叔若无其事地笑呵呵地对乘客说出缘由,还连带夸夸小马扎好处多多。

"我的路程遥远,站一路下车时,脚会变麻木,有时候甚至头晕眼花,在出站口必须休息好一阵子才能缓过劲。"另一个小马扎大叔接话了。

紫荆山站见到一个小"马扎族"。他年约30岁,怀里抱着包,旁边的地上放着拖杆箱,坐在两节车厢的连接处,戴着耳机,穿着拖鞋,旁若无人地看着电影。车厢内不时有走进走出的乘客,年轻男子却对此视而不见。有人下车后有空位,他一屁股溜上座,把小马扎当作脚踏,跷起二郎腿放脚。此景,让有些刚上车的乘客感到讶异,有些人嗤之以鼻,而有些老乘客则见怪不怪。当问及为什么带小马扎时,得到的答案是:"这还用问,线路很长,坐不上位子,我会晕倒的,小马扎特别方便。"

一到下车时间,他们一手抓起小马扎,顺势而出,扬长而去。

小马扎给某些乘客带来方便,却麻烦了其他人。我觉得站立

万事有心

地铁上坐马扎算不算违规？

区就该站立,以任何形式多占面积对其他人而言都是不公的。

回到警务室,忍不住和同事们一起探讨小马扎上车的问题。

"折叠马扎作为乘客的随身行李带上列车,只要大小不超限,并不会被禁止入站。"一个同事说。但运营方强调,这不意味着地铁方面允许将折叠马扎作为"座椅"在地铁上使用。

"把折叠马扎放在地铁车厢,特别是靠近车门的位置,影响乘客正常上下车秩序;同时,乘客坐在没有固定的折叠马扎上,不仅容易被拥挤的客流踩到或误伤,在列车行驶过程中如遇到急刹车等情况,也容易发生意外,对自己的乘车安全也是一种隐患。"另一个同事面带笑容地介绍。

现在,地铁部分线路在高峰期间确实存在着运能和运力的矛盾,尽管已经在努力缓解,但要从根本上得到解决仍需要时间。"对于部分线路高峰时段的拥挤给乘客带来的不便我们很抱歉,"另外一个同事说,"但对这种自带折叠马扎乘车的行为,不鼓励,更不支持。"

同事们讨论得很热烈。也有同事对此表示宽容,说:"1号线路线确实很长,乘车时间超过一个半小时,如果每天这么站着确实不容易,带个小马扎在不妨碍他人的情况下,坐坐还是舒服点,我觉得还是可以理解的。"

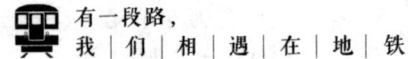
有一段路，
我｜们｜相｜遇｜在｜地｜铁

手持玫瑰在地铁求婚

昨晚最后一班车的时候，地面城市已经进入谢幕状态，夜色旖旎，向城市每一个角落倾泻而来。你在等地铁，而别人在等待爱情！

一个30岁模样的男人，一身黑色西装，红色条纹领带，白衬衣领口把瘦长的脖子包得严严实实，很上档次的西装领棱角分明地匹配在衬衣外面，浓眉大眼，显得异常精神。他手里捧着一大捆玫瑰花，没有99枝也有66枝的样子。玫瑰娇艳欲滴，粉的粉得心醉，红的红得娇媚，黄的黄得柔润，每一枝都带着青翠的叶子，让人心动。这样的男人在人群中，一定非常惹人注目，这不，真想问个究竟。车厢里的男男女女都时不时地望着他，身边

万事有心
手持玫瑰在地铁求婚

的女生还偷拍玫瑰花的照片,想必一定是送给女朋友的。旁边一个40多岁的男人调侃着说:"这花是来卖的吗?""不,送人的。""匀我一枝吧!我想回家送老婆。""对不起!我送女朋友的,有数字。"中年男人很狡猾地调侃,并没有试探到小伙子的真诚。

小伙子彬彬有礼,谈吐优雅,让人觉得他很谦逊真诚。一场爱情表演战的前兆即将开始。

原来是地铁遇见求婚——怀揣钻戒、手捧大束玫瑰花,玫瑰小伙在地铁站内向女朋友现场求婚。

玫瑰小伙在紫荆山站台等着。一见女朋友下车,玫瑰小伙一个箭步上去,单膝跪地,双手举起玫瑰:"嫁给我吧!"嘴里满口甜言蜜语。在最开始,女孩很受惊吓,显然没有任何心理准备,立即变得沉默,不表态。玫瑰小伙突然晕倒在地,形势急转直下。

"以前晕倒过吗?低血糖吗?有心脏病吗?"我准备为小伙子找药,发现其手脚冰凉。女友见状傻掉了,整个人跪地守着,脸色发白。

"出什么事了?"过往的乘客有人驻足,甚至有人拍照发微博。

万事有心
手持玫瑰在地铁求婚

此时,地铁站的工作人员也闻讯赶到,边疏散围观乘客,边和女孩沟通,让她稳定情绪,先打120。女孩显得异常焦虑,要开始实施人工呼吸。正当她把嘴巴放在玫瑰小伙耳朵旁边说"我答应你!亲爱的"时,玫瑰小伙突然睁开眼睛,一把抱住女孩,一个鲤鱼打挺站了起来,两个人在站台相拥而泣。

原来,玫瑰小伙在某银行上班,女朋友是附近医院的护士。他们是高中同学,上大学后失去联系。一年前的今天,他俩在地铁紫荆山站巧遇。两人失联多年,又是老乡同学,又有点互有好感的感觉。女生多少有点主动,可男生有点巨婴思维,把这事告诉了他妈妈,他妈妈不喜欢护士,坚决不同意。后来玫瑰小伙出了车祸,导致腿骨折,女孩一直陪伴在他身边,照顾有加。但玫瑰小伙的父母出面干涉,导致女孩伤心欲绝。玫瑰小伙消失了两个月,听从父母的安排,最后发现对父母安排的女生没有一点感觉。他赶紧从父母手中挣脱,在他们遇见的一周年纪念日,在纪念地现场求婚。谁知,女孩没有任何心理准备,在人群中没有一点隐私,让她觉得很害羞;加上玫瑰小伙消失了两个月,对方父母强烈反对,这些的确伤害了她。

"我等你两个多月了。你知道我怎么熬过来的吗?"女孩委屈地诉说着。

有一段路,我们相遇在地铁

"对不起,对不起!"玫瑰小伙满脸愧疚。

女孩穿着裙子,玫瑰小伙脱下西装,披在女友身上,不停地用湿巾擦着眼泪。

站台对面突然来了列车,广播不是说好了最后一班的吗?上车,下车,人们都在赶路回家,列车疾驰而过。他们两人在站台上,有点像电影故事里的情节,又像一张冲击力很强的照片。

宋警花抓贼记

地铁里的贼会因为乘客拥挤、赶路，有一些可乘之机，于是伺机作案盗窃乘客手机、钱包等财物，更有甚者伸出咸猪手对女性乘客揩油骚扰。同事宋警花抓住老贼，受到乘客一片称赞。这个过程有点像演电影一样有惊无险，既从容淡定，又快速果断，弄得很多乘客一头雾水，还以为是在拍电视剧演电影。给犯罪嫌疑人戴上手铐的时候，宋警花依然灿烂微笑，可谓胸有成竹的样子。

周末，地铁警花宋警官当班，1号线，紫荆山地铁换乘站来往客流持续走高，人流如海。紫荆山站、二七广场站分别接二连三发生多起乘客手机被盗案件，地铁警察通过技术勘查等手段，初步查明系同一人所为。直接领导要求立即主持召开警情研判会，组织警力细致查看所有涉案监控视频，对嫌疑人体貌特征、作案手法、出入轨迹等细节进行分析研判，据此制订了周密的布控抓捕方案，力求在最短时间内将嫌疑人抓获归案。宋警官接班后，听到交接的案件依然没有破获，也没有取得阶段性进展，直接蹲在电脑旁，顾不上吃饭喝水，眼睛定定地看着视频，右手不停地滑动鼠标，调取作案视频录像。气愤的情绪有点上涨，但是仍然耐住性子认真查看、比对、摸索嫌疑人的信息。当鼠标滑动到一个中年男人脸上时，她立即警觉起来。仔细观察了系统上男子的面部特征后，她反复揣摩，快速心理画像，通过自己大脑设计印证。正在比对时，发现一名嫌疑人在人群中伺机作案，动作鬼祟。她睁大眼睛，突然站起来，立即戴上警戒设备，用眼神指挥两名辅警，前往站台。宋警官基本上是火速跑步前往，为节约时间，她翻越围挡，赢得抓获时间，生怕眼皮底下的老贼在列车来时钻进人群中消失。在面对约90度的下滑梯时，她基本上是采取跨栏奔跑的方式，飞檐走壁似的。到达站台区，说时迟那时快，嫌疑人作案得手，正在想法逃跑。宋警官三人合力朝一个地方围攻。

"别动，别跑，我是警察！"一个特别有磁性的播音员声音

突然响起，吓得有序排队的乘客百分之百回头看。老贼一看身着警服的女警官，有点无所谓，想耍滑溜跑，趁机上扶梯逃跑，两名辅警已经在他后面围攻。宋警官一个胳膊肘使劲，压肘别臂，右脚反扣老贼腿部，轻松自如地反扣住老贼。两名辅警快速用手铐将其铐上，当场从其身上搜出所盗赃物。这时，周围群众纷纷叫好。让人困惑好几天的贼被抓到了，宋警花终于可以松一口气。"美女警花，给留个合影吧！"很多乘客要求给警花拍照，又纷纷举起手中的手机与警花合影，以示对老贼惯犯的憎恨，也表达乘客对人民警察的爱戴。

宋警官业务技术熟练，可以通过观察眼神、服饰、掩饰物，很快分辨出"好人"和"坏人"。老贼连声说："不敢不敢了，美女！"连连作揖告饶求情。

宋警花，95后，身高1.75米，短碎发，娃娃脸，出手不凡，从容淡定。

郭警花抓贼记

早高峰，1号线。郭警花当班，便衣巡逻。

大家在拥挤中等待上车，很多人手里狠狠拽着手机，却忘记自己背包里面的物品。一瞬间松懈，背包里的物品就会消失。这就是小偷在注意你，而你在注意手机。

随着打击扒窃案件的力度不断增强，扒手的反侦查能力也在提高，这就给地铁警察伪装提出了更高的要求。为此我们开展便衣巡逻，做更好的隐蔽，发挥女民警隐蔽性强的优势，从而更有力地打击扒窃违法行为。郭警花就是自愿先脱下警服，便衣巡逻的第一批女警花。放在人堆里，仿佛大学生的模样。

一会儿在警务室盯视频，一会儿要下站台巡视。人流如织，

有一段路，我们相遇在地铁

上上下下很多路要走，郭警花好像眼里只有嫌疑人，也不觉得上下这段路很长，就是担心贼下手后顺势乘车逃跑。很多次因为最后一秒，让贼上了车，这时就很难再将其抓住。如何不让贼上车，在很短的时间内抓获，就需要自己台上台下多跑路。

车刚走一趟，人流又排起很长的队。大家都是低头一族，怎么办？这些人只有自己的东西失窃后才知道哭鼻子。说时迟那时快，一个穿白色西装的男人，正在盗窃一个女子的后背包。贼就在后面，女子却全然不知。在外人看来，以为他们是一家人，无人提醒女子。这时，列车的咣当声已经接近。郭警花夺路而跑。怎么下去？只有短短几分钟，即将迎上下车后迎面而来的乘客，他们不会让路。郭警花脚着运动鞋，只好跑远一点的，避开扶梯、直梯，从乘客不经常扎堆走的步梯下去。只能靠自己的真功夫了。她把手里的无线电台直接别在腰间，一个辅警跟着她。

已经听到列车开门的声音了，郭警花跑到负二层了，还剩有效的几秒！下车的乘客很少，两队乘客马上就要接着上车。郭警花已经可以看见贼和前面的女子在慢慢向车门移动，她觉得没有什么把握，只好翻越延长栏杆，三四个箭步就到达负四层，眼睁睁看着他们马上进车厢了。突然，嘟嘟嘟嘟的警示鸣声响起，里面人很满，站务人员要求没有进车厢的乘客等待下一趟。贼已经

万事有心 篇一
郭警花抓贼记

觉得不妙,伺机逃跑。往哪里逃呢?厕所是唯一的地方。他手里拽着刚盗窃的赃物,离开女子,急忙寻找厕所。

"跟我来一趟!警察!"

"干吗啊!我内急!"

"先来一趟!"辅警已经到位。

贼想快速往站台逃跑。这时听到警察的声音,被滞留的乘客慌乱起来,背包女子已经发现自己的东西失窃,赶紧回头喊叫:"小偷!"

郭警花这个时候像猫捉老鼠一样,与滞留的乘客、辅警加上被害人一起形成合力,把贼往厕所里赶。贼见寡不敌众,只好举手示意,说"先让我去厕所一趟"。狡猾的贼点子很多,警花命令,去吧,我们恭候你就是。贼扔下钱包,往厕所里跑去。厕所没有窗户,他在等待下一趟列车。这时,嘟嘟的声音已经由远及近,郭警花命令封堵厕所。

十分钟、二十分钟、三十分钟过去了,贼在厕所里也快憋死了。郭警花在厕所外松松胳膊,原地跳锻炼身体,一直持续半个多小时。电台通知增援男警到位。贼从厕所出来,带着一身臭气,垂头丧气,完全蔫皮了。"美女姐姐饶了我吧!美女姐姐饶了我吧!"

"你多大年龄,还好意思喊我姐!"一双明晃晃的手铐铐上刚刚还骄傲自满的"第三只手"。

郭警花深有体会地告诉辅警:"在抓获行动中,由于我们是女警,犯罪嫌疑人心理上会有些许的懈怠,放松警惕性。这是优势,但是,这更要求我们自身的技能过硬,才能将犯罪嫌疑人制伏。"

每逢节假日,像医院、商场、车站等人员密集场所,都是老贼跃跃欲试的地方。乘客要提高防范意识,看护好自己的财物。

兵歌哥郭警官

兵歌哥，我的同事，姓郭，以前是军人，喜欢唱歌，我们称他为兵歌哥。不愧在部队文工团待过，唱红歌厉害，他的红歌唱得不亚于《星光大道》上的歌手。抓贼也很厉害，很多时候，乘客都很敬佩。四年前，从文工团转业到地铁做警察，歌声一直带在身边。在与群众频繁接触的过程中，他喜欢用歌声为路过的群众唱歌。热爱唱歌的他，在闲暇时间常通过义演帮助他人，也成为很多乘客喜爱的"明星"警察。他还用歌声震慑过犯罪嫌疑人，也温暖抚慰过受伤的心。

某日晚上，最后一班岗，天渐渐冷了，人也稀少起来，郭警官边巡逻边小声唱歌，一列停靠在站台的列车突然有人呼救，随即一名黄衣口罩男子从车厢逃出,身后一个小姑娘不停叫喊:"抓贼!有人偷我手机!"

郭警官闻讯,立即返回警务室,调取监控视频寻找窃贼身影,从屏幕上发现窃贼从3号口下方客服中心处飞奔而过。郭警官凭经验推算了一下他可能跑的最佳路径,随即哼着歌曲,看似漫不经心,实际胸有成竹地往3号口出站闸机处奔去。他的念头就是抓贼,但也怕寡不敌众,就用电台通知警务站派公安增援,自己就先追了出去。窃贼的逃跑路径完全在郭警官的预料之中,当他奔至出站闸机时,窃贼刚好跳跃翻过闸机。锁定目标后,郭警官加快了速度。他一路哼歌,如奔跑的喇叭,以迅雷不及掩耳之势,从站厅一直追至车站外。窃贼乘坐扶梯,扒开人群奔跑着,在车站3号口外匆忙坐上一辆黑摩的,在其催促下摩的立即行驶出去。正当窃贼以为摆脱追击时,郭警官从C口出现并训斥:"站住!"他飞奔过马路,在道路中央飞身将摩托后座的窃贼扑倒在地,几个动作后就将窃贼死死按倒。随即,增援人员赶到,一同将窃贼押送至警务站。

"你就是那个唱歌的警察吧,你唱歌真好听。"窃贼胆战心惊地夸奖起郭警官来。

"走吧!跟我一起唱歌。"一把锃亮的手铐戴在双手上,郭

万事有心
兵歌哥郭警官

警官唱起《当兵的人》，窃贼的嘴唇好像也跟着上下动了动，可抬不起头。歌声犹如号角鼓舞着士气，也摧毁犯罪嫌疑人的心理防线。

还有一次，郭警官接到群众报警，说财物被盗。通过视频监控比对，确认了可疑人员。没过多久，这名疑犯再次上车，坐一站后下车，在外面换一身衣服，再次来到地铁乘车段。郭警官立刻前往，抓住疑犯。在证据面前，疑犯只能承认并交出赃物。当场还怯生生地问了一句：你就是那个唱歌的警察吧？

年前冬天刚下完雪，早晨的第一班，郭警官和同事上岗后，发现一位老年人，身着秋衣秋裤，光着一只脚走进地铁大厅。他们立刻走过去询问，发现老人不吭声，好像生闷气，一下子说不清楚家在哪里。于是他们把备用的棉衣披在老人身上，带到警务室休息。九点多时，老人的女儿匆忙赶来，连声道谢："多亏了你们，这么冷的天在外面多待一会儿，后果真不敢想象。"她告诉郭警官，早晨发现母亲不见了，调监控才知道三点多就出了门，报警得知已被地铁收留，顿时安心了很多。现在老人参加了郭警官的军歌嘹亮艺术小分队，渐渐地走出老年人孤独的阴影，愿意和更多人交流，更重要的是喜欢唱歌，为此老人的女儿总在冬至的时候给警务室送来热腾腾的饺子。

"地铁里时常发生一些争执,需要调解。"郭警官说,歌声可以拉近警民关系。一次,两个大妈因不小心相互磕碰了一下就吵起来,还报了警,一看接警人员是郭警官,两人知趣地跑了。

"像我们这个年龄,或者更大一些的群众,更爱听一些耳熟能详的歌曲,比如《为了谁》《说句心里话》《报答》《天路》这些歌。"

在地铁他常被一些群众认出来:"这不是郭警官吗?来,咱们再唱一个。"

有时为了活跃气氛,他也和群众一起唱歌,很多老歌起个头,大家都会跟着唱起来。

"我是一名警察,把警姿站成风景;看茫茫人海里有你挺拔的身影,警察工作中有你守望的眼睛。神圣岗位上,你是一颗默默闪烁的星……"这是他的原创。几年来,他已成为我们城市"地铁圈"小有名气的歌唱家,很多乘客慕名而来听他唱歌,也有很多贼在这一站心惊胆战。

很多次,我们都穿梭在不同车厢、不同警务室开展各项工作,他的歌声仿佛也穿越地下狭小的空间。在地下30至60米的空间里竟有如此美妙的歌声,穿透黑暗,感染滋润很多人,带来诸多美好。歌声仿佛温柔的子弹,震慑打击犯罪分子,温暖人心，抚慰性情。这不，一个刚出院的小姑娘坐轮椅乘坐地铁，因过生日显得冷冷清清，郭警官一首《生日快乐》把整个车厢点燃。小姑娘一路哭着笑着和乘客分享自己的生日……

最后，我要告诉大家，他的名字叫郭俊锋。

我被时尚男让座了

今天巡岗遇见一名衣着另类的时尚男。他在体育中心站上车,30岁左右,叉腿不到30度,算正常合理。穿黑色紧身裤,黄色的马靴,脚跟踝骨部位还戴有红色链子,红色绳子编的,马靴口部敞开着,看起来像没有穿袜子,也可能是紧紧贴着脚底部的船袜吧。黑色裤子上有两个特大的口袋,外面看来很平整,里面应该是空的,一个黑色的扣子扣在上面。

上身吧,颜色和马靴的颜色一模一样,无领的黄色卫衣,两个胳膊露出里面的格子衬衣,胳膊上戴着两个打磨得光滑油亮的菩提子链子,好像红色紫砂壶被养包浆了一样,左手的手指上全部戴着戒指,应该是订做的吧,毕竟五指不一样粗细。

万事有心 篇一
我被时尚男让座了

左手潇洒地划着手机，手指操作很灵活，基本都是一个手指在不停地划来划去。

他脖子上戴了一个特别粗的黄金链子，明晃晃的。锁骨突出，显得有点干瘪。耳朵上打了耳钉，鼻子上也打了一个特别小的孔，戴了一个金环。他脸部干净，颜色红润。头顶戴着黄色帽子。帽檐边也打了一个孔，穿着一个金属环，帽子后面是带子，有一根带子飘着，有点像《白蛇传》里面许仙的帽子，复古又时尚。

"你请坐！"他以有点像播音员的腔调开口说话了。我有点不知所措。

"你怎么不坐，不客气！"

"你辛苦了，我知道你是警察。"

"你怎么知道？啊！不会吧？"

"上次我向你问路了！估计你忘了。还捡到过我的手机呢！"

"我怎么忘了？"

……

他起身站立。我原本对他的穿戴有点接受不了，但他这样一来，我就有点惭愧了。我怎么可以只看外表去揣度他人，这是不是很可笑？平时心里总有点抵触衣着另类的人，可这一刻，我心里愧意满满。我只是在自己职权范围之内做点事，却被如此记恩，感到有些受宠若惊。

我此时有些激动，毕竟第一次被群众让位。这样的人，无论他如何衣着，都是有绅士风度的时尚先生。他的时尚是行动版的。我该检讨了。另类的打扮并不会带来现实的危害，时尚或许只是一种艺术的表达。或许有些人在繁忙的工作后，想在陌生的空间偶尔放松一下自己，再回归正常的工作生活中。有些人选择喝酒，有些人选择另类打扮。

我下车了，他站在原地向我鞠了一躬。

一场手机带来的误会

今天巡逻有点冷,只好套上一件便衣卫衣。

快下班了,去了一趟洗手间,匆匆忙忙把手机放入裤兜,路过的同事说手机还开着手电筒,唉,都是因为手机屏没有锁,在裤兜里蹭的。经常如此,也没有多在意。

去警务室取一个密件,一路小跑,安检,刷卡,过闸机,上扶梯,快速上车。一位女士穿着尺度特别大的破洞牛仔短裤,一手玩手机,一手抓住扶手,漫不经心地悠着。那条牛仔短裤,破得不成样子,裤腿边都留下线了,摇摇晃晃的。眼光朝腰部看一下,肚脐也暴露出来,有点太过了,臀部后面露着大家不应该看的东西。头发全染白,嘴巴却是黑色的,抹了黑色的唇膏。两边的人都在打量破牛仔裤的"风采",她好像没有丝毫不自在的感觉,依然晃头看手机。

上网翻看了一下关于破洞牛仔的介绍,撕烂、破旧的牛仔裤看起来叛逆独特,最初发明破洞牛仔裤的人可不是为了炫耀时尚。原来,割破牛仔服的风尚是由美国人发明的,借此表达对主流服饰的抵制与排斥。因为在经济领域里,减少一个人的商品购买力,可视为抵制高消费社会的一个微妙姿态,牛仔服本来就要很长时间才能穿破,才需要更新,而人们把破了的牛仔服堂而皇之地穿出来,显示了一种对高消费社会的鄙视。但穿破洞牛仔服在文化领域里,意义尤甚于经济领域。一个可能的意思便是表示贫困——这是一个矛盾的符号,因为真正的穷人是不会借助时装来宣告贫困的,所以最终破洞牛仔服还是成了有钱人显示自己叛逆精神的图腾。穷人时刻希望自己的穿着更笔挺,有钱人却把自己打扮得很破败,时装对人的社会心理的反射真是一件非常有意思的事情。不过,如今的人爱上破洞牛仔,和这些文化背景已经没有多大关系。休闲时尚玩得滚瓜烂熟的潮人,对破洞牛仔的喜爱纯粹从摩登的视觉效果出发,或许顶多带一点年轻人的小小叛逆,因而,他们也就可以把破洞牛仔穿得格外轻松,格外旁若无人。

万事有心
一场手机带来的误会

有人下车了,我顺势坐上了座位,但眼前还是这个破洞牛仔裤女士。不知是谁的手机出现唰嚓一声响,大家都因为她的穿着显得异常安静,她好像听到响声开始寻找着是不是有人拍照了,我也担心起来。对面的几个人都是低头一族,手机放在下面,我这一排只有我没拿手机,其他人也都是低头一族。天哪,我的手机电筒还开着呢,刚才同事的提醒我也忘记了,唰嚓声或许是自己的手机静音设置被裤兜磨蹭成响声设置了。我赶紧摸出手机看了一下。破牛仔裤女士直接盯着我的额头,眼光咄咄逼人。我有点被冤枉的感觉,她一定认为是我在偷拍。当我调试好手机的静音和关闭手电筒时,女士头低下遥望我的手机,看来是在质疑我了。我没有拍照的习惯,也不知道该如何打破如此僵局,为了当面澄清,我还是快人快语说:"不好意思,手机忘记关电筒,刚刚的唰嚓声是手机在裤兜里摩擦的截屏声。我没有偷拍。"破洞牛仔女士甩了一下头发,表情稍微放松了一下,开始微信语音,把刚刚发生的事情告诉了朋友。我也释然了,要不然我该被误会了,不知接下来会发生什么,还好我能主动示弱澄清。

该死的手机,我立即给手机设置了一个锁屏状态。以前不锁屏,是担心假若手机丢了,对方可以通过电话联系我的朋友,可以顺利找到我，我有过这样的经历。地铁里很多空间都在视频监控下，很容易找到遗失的物品。再说我的手机不值钱，我那次丢手机后，就想保持一种不锁屏的状态，但今天的麻烦直接告诉我，锁屏，必须锁屏。我设置了一个特别复杂的标志，但马上又修改了一下，我怕自己也忘记了，唉，锁还是不锁，都很麻烦。

做宣传工作一定要了解很多矛盾的根源，假如今天的事发生在别人身上，有人可能会报警，我觉得误会是比较好处理的。不过我为了做宣传，拍了很多地铁照片，这算不算偷拍呢？我拍过一支武警小分队，他们来乘坐地铁，全副武装，衣帽整齐，走路整齐，排队整齐，车厢里站立整齐，原本有座位可以坐，但都让给群众；我还拍过一名老人晕倒，一个女护士做人工呼吸的照片，觉得特别感染人；记得那年过年，很多乘客给人民警察送祝福的照片我也拍过，他们争先恐后和警察兄弟合影留念；一位老阿姨送来冬至饺子；一个拥军的大姐送的军用鞋垫；还有一个眼镜男给一个农民工掏纸擦鼻血等。

这些感动的瞬间让我刻骨铭心，我丝毫没有顾忌对方的表情，也不像刚才那样内心焦虑不安，生怕引起不和谐的气氛，导致口角甚至报警。这些让人感动的画面也一直激励着我多多传播一些正能量，努力去感染一车人。

理发师的剪刀

一位风韵犹存的女士,嘴巴上玩弄着一把剪发的剪刀,刀光闪闪,剪刀修长尖锐。这是新加坡的一则公益广告,以此来告诉我们语言暴力的恐怖。可能平日里,我们意识不到自己的语言有多么伤人,这张图可以提醒我们,有时候只言片语会伤害到你最亲的人,并且是一种长久的伤痛。或许有人说,我直率不虚伪,所以想到什么就说什么,但是,若你换位思考一下,同样的话,你会愿意听到别人对你那样说吗?其实不虚伪只是个华丽的幌子,你只不过是忽略了他人真实的感受,只顾着自己一时痛快罢了。请试着成为自己语言的主人,带着善良,再看着对方的眼睛慢慢说话。这也需要我们在生活中不断练习,建立尊重自己、尊重别人的品德。

一早,在地铁里遇到带着剪刀的理发师,她人到中年,齐耳短发,上个月还来地铁站务区内义务剪发。可今天早上,她遇到麻烦了。安检没有通过,安检人员还要求她乘坐其他交通工具,她委屈得要哭了。

"怎么了,我一个理发师,就带了一把美发剪刀也被你们上纲上线。一把剪刀怎么是危险物品?我上个月还来这儿义务劳动给站务人员理发,怎么那时没人说我的剪刀违反规定?就一把剪刀,就是理发用的。"

"对不起,按照地铁安全乘车的有关规定,您带的物品是危险物品,不能进入地铁乘车,请换乘其他交通工具。"

"你会拿剪刀做危险事情的!"另外一个安检人员厉害了起来。

"我怎么会做危险事情,你认识我吗?你说话怎么这样的腔调?谁给你的权力?"理发师与安检人员争执起来,"这把剪刀是我去社区义务劳动的理发工具。你们都不认得我了吗?我来你们站做过义务劳动的。"

"对不起,按照规定,真的不能放行。"

"这把剪刀是我去社区做公益理发用的,又不是用来做坏事的,怎么危险?我放在裤兜里还不行吗?"

万事有心

理发师的剪刀

我背包里也有一把给女儿做手工的剪刀，颤颤巍巍蒙混过关。我知道自己是公职人员，不会做伤天害理的事情，但是这位理发师怎么办呢？

忽然，脑海出现那一阵子看的外国惊悚电影，名字就叫《剪刀女人》。我的联想过于发散，也觉得把如此雷锋的行为和那样的电影联想到一起是牵强附会的。但地铁中的救援是有限的，一旦有什么问题，会带来很多意想不到的恐慌。此时我只恨安检人员的嘴巴太笨，不会表达，其实她可以向理发师类比，比如在加油站，我们不能用打火机、不能打手机一样，还有高铁、地铁里绝对不能抽烟一样。而安检人员的表达很生硬，有点玩弄权力的感觉，让人听了不舒服。不能因为如此规矩存在就不做任何主观的解释，那样势必会伤害乘客的情感。还有，凡带这些剪刀、摩丝等违反规定的物品的乘客，还请多多学习相关政策，不能自个儿一根筋，打着自己的职业旗帜试图说服安检人员，那样势必是鸡蛋碰石头。

前一阵子，北京的一个锤子哥做找地平的工作，手里掂着锤子过安检，被安检人员拦下。我当时特别同情他工人的身份，也特别相信他不会做坏事，但是排除不了其他人在情绪激动时抢夺这个工具，在有限的空间里做伤天害理的事情的可能性。地铁里有很多重要的公共设施，像地面的窨井盖一样重要。所以，规矩就是规矩，不能让安检人员因同情农民工身份而放行，那样是不负责任的。不论你是从哪里来，有没有觉悟不重要，一定要尊重规矩，按照规章制度行事。

看着理发师委屈纠结的样子，我实在憋得慌，于是上前说：

"请相信我，不是说你有意图去做坏事，而是担心其他人会有。公共安全牵扯到我们生活的点滴，我们每一个人都有义务去预防这样的行为。试想，如果地铁不安全，一车人多恐慌。"

"像你这样说话，不就好了吗？我不是很欣赏他们说话的态度与腔调，不就是一个服务职能部门吗？"

很简单的事情因为沟通的障碍导致双方剪断彼此的信任。我觉得双方都要反思一下。一个需要语言上的修炼，就像最开始说的新加坡公益广告；另一个需要沟通上的耐心。双方都想走一条自己省事的捷径，结果适得其反。

最后理发师心甘情愿地去地面换乘公交车了，那个说话不讲究方式的安检人员也被班长说得哭哭啼啼去练微笑了。

是的，他们都要重新认识自我。理发师是善良的；安检人员也很细心，只是在拦截违禁物品时缺少交流的温度。殊不知，安检，其实是人与人之间信息的悉心交流。

抑郁文身男

刚换乘,一个头发蓬得像爆炸似的、三十多岁的男人出现了,上身穿的是印着蝙蝠侠的黑衣,显得身材很魁梧,下身是紧身牛仔、拖鞋和光着脚底板的黑色袜子(第一次见这样的袜子)。今天我穿着警服,没有直接跟他对视,那样多少觉得有点不礼貌吧,我是这样想的。可他没有,一副可怜的模样,移动到我身边。大老远就看见他露出的皮肤都是麻麻黑黑的,都是文身。他用力摇一下头,刘海飘到两边,露出眉心和黑黑的眉毛,好像眉毛也是文的。唉,人群中拥挤,忍一下就好。

"欸,警察同志,去西流湖是在这里坐吧?"

"是的。"

"我能当警察吗？我本科毕业，学的是计算机。"

"可以。"

"我的文身不会被计较吧？"他话很多。

"会计较！"

"哎！文身，毁了我一生。"

他喋喋不休。

"很久之前开始了解文身，并且一直对它痴迷。当时觉得在身上留下一个永久的印记是多么奇妙多么酷的一件事情啊，所以年少无知的我拿出万般的勇气，让文身师在我的左手手臂上文下了我平生第一个文身。

"然后我就像着了魔一样，对文身疯一般地上了瘾。在接下来的几年内，我断断续续地又文了三个。很好，你们可以想象我会得到什么样的惩罚。

"身体发肤受之父母，首先，我这样的行为就被父母否定了。从我文身开始，直到现在，我和父母的关系一直相处得很紧张。其次，在中国这样的文化下，你身上带着这样那样的符号，你将会非常难找到合适的工作，每次找工作的时候，都会失败。

"我的抑郁症暴发了，持续情绪低潮。我也试着去激光去除，但是失败了。我渴望做军人，可那终究只是梦想。后来我留

万事有心 篇一
抑郁文身男

长发了。这几年,我从来没有真真正正开心过。"

"你到哪里下车?"为了阻止他打枪一样的倾诉,我说。

"最近又失业了,这样的噩耗对于我来说无异于世界末日。我需要的只不过是一份工作,我只求父母不要再为我操心,我不想看到他们再为我掉一滴眼泪。我好累,我真的开心不起来,我有时候真的想还是死掉算了。我不想让父母因为有我这样的儿子而感到丢脸,不想每次去应聘的时候,看到的都是别人鄙视怀疑的眼光。

"我不是坏人,我不会杀人放火,不会偷鸡摸狗。我不怕吃苦,什么工作我都会积极地投入。我只是热爱文身这门艺术,为什么要轻易地否定我?我没有错,可是你们为什么要看不起我?为什么不给我一个机会?非得让我去死吗?"

显然,他有可能真的抑郁了,嘴里念念有词,头不停地来回摇动,激动得脸红。

遇到这样的事我该怎么办?我又该怎么去安慰?毕竟人家谈到死,还自暴自弃,我不能袖手旁观吧。但我很难忍受他一路给我倒垃圾式的倾诉,也很难帮他解决问题。

"保重,为自己为爱你的父母好好活,加油,没有什么坎是过不去的。要相信自己,也只有自己才可以真正了解自己;别人，甚至是父母，有时候都不要太强求，看淡看轻那些不怀好意的眼光吧。生活是自己的，不是他人给的。"

我到站该下了，他居然跟着我一起下。我心里一惊，怎么办？他有抑郁症，会出问题吗？

"你到哪里？"

"随便走走，转转。"

"找你的老师、朋友说说话，或者回家和父母多聊聊。"

我该怎么做？又能怎么做？毕竟这个是关乎生命的话题，无论他是美是丑，都不应该被人唾弃。毕竟这是一个生命，生之不易。

长裙妹妹

一个长裙妹妹的裙子好像尾巴一样被夹住了,而且一天两次:一次是车门,一次是扶梯。她尴尬得要死。

列车行至紫荆山站时,一名身着雪纺长裙(裙盖住脚)、二十多岁的长裙妹妹,手里还玩着手机,匆匆地向地铁跑去。时间点也刚刚好,进站后车也刚好停在那儿。她是最后一个上车的,于是加紧了自己的步伐。车厢里人很多,长裙妹妹站在门口,背对车门而立。车门随即关闭。开车后约一分钟,椅子上有一个空位,长裙妹妹准备转身却转不动,回头看才发现裙角被车门夹住。她将裙子往外扯了几次,但终究没拉出来,场面很是尴尬,于是打起电话:"真晦气,倒霉死了。"不知道对方是男朋

有一段路，我们相遇在地铁

友还是闺密。

"哎，怎么办？"她发出一句尴尬的叫声。听到叫声，众人目光齐刷刷地向她望去。长裙妹妹在众目睽睽之下，显得异常窘，紧锁眉毛，皮肤发红，背过脸看玻璃了。她好像侧身扭了一下，顿时，她周围一圈人都闪一边，还以为她身体不适，眼光聚焦似的全部盯住了她。她好像也十分委屈，众多陌生人的眼光见证着自己狼狈不堪的样子，所有的矜持都被这该死的长裙子毁了。她好像乘地铁的安全意识不足，在关门的瞬间，会有很大的风，会吹起轻薄的裙子，如果主人不抓起裙子，立即会被夹住。虽然不会影响什么，但是会很尴尬，当然也会产生一定的危险。

车门只是单纯地夹住了裙摆，长裙妹妹并没有受伤，满车厢的人也并没有上去帮忙解围。或许是大家都不好意思吧。全过程中，长裙妹妹也没向任何人求助。直到一个站之后，这扇门重新打开，她才得以"解脱"，如释重负，捂着脸下车了……

地铁停站时间很短，乘坐地铁的人却很多，经常有被夹住的，还是要保持理性一点，不要盲目地去挤上车，不然接下来的处境会让自己尴尬，甚至受伤的。如果挤不上去就等下一趟吧。这是在早上高峰时段发生的。

下午高峰时段，这位长裙妹妹又在乘坐手扶电梯时因为裙子

万事有心 篇一
长裙妹妹

飘动被卡住。长裙妹妹进入地铁站换乘坐手扶电梯时,裙子下摆边缘夹在梳齿板中,后面乘客看到立即上前帮忙,试图拉出无果后,按下紧停按钮,等待地铁电梯专业维修人员来现场解围。

都是长裙子惹的祸。这一天估计长裙妹妹真的应了她的"晦气"一词,早上来一次,下午又来一次。值班警长立即赶到现场,查看情况并通知电梯技术人员到现场处理,同时引导其他乘客从步梯进站。

"当时长裙妹妹急着赶回家有事,商量将裙子下摆剪掉。"警长劝长裙妹妹等电梯技术人员到现场再说。三分钟后,两名电梯技术人员赶到,将电梯上下两端拉起隔离护栏,确保电梯处于安全可控状态后,拆下梳齿板,将裙摆取出,整个过程只花了五十秒。

这事发生在她身上,我觉得也是偶然中的必然,或许应该提醒她不要在穿长裙时玩手机吧。作为警方,还是友好提醒大家一下:飘逸材质的着装容易被卡,身着长裙等飘逸着装的乘客,在上列车后尽量不要背对车门而立。乘电扶梯时,可用手或提包压着裙子,以防被风吹起时,裙摆卷入扶梯缝隙。雨雪天最好不要穿高跟鞋、拖鞋,以防滑倒。在乘坐电扶梯时,尽量远离黄色警戒线标志的危险区域。乘自动扶梯上下楼时,到最后一级台阶要抬脚跨到地面上，不要贴着电梯缝隙蹭过去。进入电梯前要系好鞋带并留意裙摆，谨防被挂住。电梯运行时要站稳扶好，不要倚靠侧板和扶手，不要随意走动和玩耍。离开手扶电梯时要注意梳齿板和阶梯缝隙，以免鞋跟、鞋带、裙角等卡在梯级边缘或梳齿板内。紧停按钮设在电梯的两端，如乘坐时遇到突发情况，可立即按压紧停按钮，及时联系工作人员。

爱美之心人皆有之，但不要在车水马龙的人流中玩手机，安全最重要。

篇二

万事有情

- 萤火虫的微光
- 几度夕阳红
- 抱娃娃
- 在地铁里醉酒的外卖小哥
- 发广告传单的奶奶
- 父女情
- 爱相随
- 一位见义勇为的英雄
- 一次与陌生人的交谈
- 刑警老祝的爱妻秘诀

萤火虫的微光

2号线沿途有两个"一附院",一个是中医,一个是西医,两个都是大学医院。人民路站与医院站中间隔了二七广场站与火车站。一个母亲,带着孩子,经常往返于这个区间。最开始,我并没有发觉,有一次女孩迷路了,我们通过监控视频很快找到女孩。母女手里提着瓶子,里面装满萤火虫。

她妈妈给我讲述了一个萤火虫的故事。

两个家庭,两个女孩,一个乡下,一个城市,年龄一样大。今年6月,她们因白血病住在同一个病区——儿童肿瘤科。一个住走廊,一个住病房。乡村女孩从火车站下车坐地铁来人民路一附院,城市女孩家在城市的西边。

有一段路，我们相遇在地铁

城市女孩的母亲在医院做保洁，父亲是一个货车司机，年前车祸大腿骨折，现在闲在家中休养。乡村女孩父母都是老实巴交的农民，因看病才来大城市。她们相识缘于同样的疾病。

一天早晨，城市女孩从医院的病床上醒来，不见父母的身影，扭头却见走廊床边的乡村女孩，她微笑着，大大的眼睛，长长的睫毛，两个马尾辫。

"你终于醒了，你妈妈在这里陪了你两天两夜，因为你不吃饭不喝水。你妈妈应该去为你爸爸做早饭了啊！"乡村女孩说。

"你怎么知道我爸爸的事？"城市女孩问。

"我爸爸问你妈妈的，说你爸爸腿骨折了。"乡村女孩答。

"你几岁？"她问。

"我8岁。"她答。

"我也8岁。"她回答道，"我可以带你乘坐地铁，地铁里特别好玩，像演电影一样，飞一般的速度，眼睛闭着更有感觉。"

她递给她一盒饼干，两个人亲热地聊了起来，相互探讨学习和分享玩具。乡村女孩干脆爬到城市女孩的床上，和她挤在一起。

"姐姐，我们都会好起来的，我妈妈说有很多人和我们一样

万事有情
萤火虫的微光

得了这种病,但是都能顽强活着并已经好了!我想我们都会的。我会给你一些钱,知道你比我还困难,至少我爸爸妈妈还可以在南方的城市打工,身体比较棒,可是你爸爸不能走路。"她童言无忌地说了这些。

城市女孩说:"你给我多少钱,我以后会还你的。"

"你家在哪里?我家在南边的大山里。"她说。

"我家就在西郊城旁边,没有见到山啊。"她回答。

"山里有很多好玩的、好吃的,我爸爸种水稻,妈妈种菜卖菜。"乡村女孩越发起劲地说,"你见过萤火虫吗?"

"听老师说过,一直没有见到。"她期待的眼神突然亮了起来。

"等我们病好了,我带你去捉啊!特别有意思,一个虫子可以发光发亮,一闪一闪的。"

"好啊!我们一起去,萤火虫是不是晚上发光,它不是星星掉下来变的吧?"她带着疑问笑起来了。

…………

后来城市女孩真的带乡村女孩去坐地铁。她带她乘坐地铁在二七广场下了,去了高高的二七纪念塔游玩,她们特别开心,还拍照留念。城市女孩也在对萤火虫的期待中度过了一个月。在这

有一段路，我们相遇在地铁

个白色的世界，两个可爱可怜的生命相依相偎。

一个月后，城市女孩转到医学院一附院了。她哭了，她也哭了，一步三回头。她乘坐地铁送她，其实说送，也没有出站，就想在一起多待一会儿。

一个星期后，乡村女孩回家了。没几天，自告奋勇要求去城市看望的她，带来在村里抓的萤火虫，并告诉城市女孩要坚持，一定要来乡下山里看望她，她们一起抓萤火虫。

城市女孩子也出院了。她们都相互惦记着，可是再也没有见面。没有多久，乡下女孩子不幸去世了。

城市女孩子条件便利，坚持化疗，她的病情基本得到了控制。

为了完成女儿的夙愿，乡村女孩的妈妈带着萤火虫来看城市女孩，话还没有说完，已经是泪流满面。她妈妈告诉她，一个月前，乡村女孩去世了，她之前抓了很多萤火虫，说如果可以带着萤火虫乘坐地铁该多好啊。城市女孩被突如其来的消息冲击得不知所措。

"孩子你要加油，努力，坚强地活着，我就像看到我女儿的生命，可是我的女儿她的命那么薄……"乡村妈妈一把抱住城市女孩，从包里掏出一个特别大的矿泉水瓶，"这是我给你带来的萤火虫,我答应女儿的,也希望你答应阿姨一定坚强地活着。"乡村妈妈哽咽着泣不成声。

"萤火虫萤火虫慢慢飞/夏夜里夏夜里风轻吹/怕黑的孩子安心睡吧/让萤火虫给你一点光……"

这个故事讲完了,我的眼角也湿润了。如果可以,我特别愿意做两个女孩子的护卫者,让她们永远不迷路,甚至我还想送她们每人一个小橘灯,当然一定不是蜡烛做的,那样乘坐地铁会违反规定。我会在网上淘一个电光的小橘灯,护送她们在飞奔疾驰的地铁中,期待开往春天的地铁。

几度夕阳红

雨一直在下,地铁里人多了起来,平时很难见到老人,今天是特例。

老阿姨60岁左右,脖子上围了淡黄色的纱巾,淡淡的口红,细细的眉毛。老叔叔应该有70多岁吧,鸭舌帽子,上身麻灰色西装,里面是白色衬衣,显得整齐帅气。老叔叔身体健壮,下身牛仔裤依然可以穿出紧绷的效果。

"孩子们怎么说呢?"老阿姨开口说话了,露出探问的目光。

"唉,儿子没说什么,儿媳妇阻拦很强烈。"老叔叔的眼角显然有点泛泪,"你那边情况怎么样?"

万事有情

几度夕阳红

"我这边是儿子意见要强烈些,女儿没有说什么。"

她紧紧地握住他的手,依偎在一起。

他们很简单,一路上就这两句话。

他们一路都深情地紧握双手,是外出旅游吗?还是去公园唱歌?

紫荆山到了,他们相互搀扶起来,一前一后下车,默契和谐。透过玻璃窗,我真想偷拍一下背影。可惜,车一开动,他们就在视野中消失了。

他们已经迈进老年的关口,对他们而言,爱情早就不是年轻人怦然心动的浪漫,在他们面前的是一场搏击——财产分割,子女关系,儿媳妇的阻力,邻里的闲言碎语,世俗的观念,等等。他们对爱情没有望而却步,却被真真隐蔽起来,好像只能偷偷摸摸的,不能在儿女亲人面前有任何的纰漏,可是他们内心的孤独无人可懂。

还记得上次,一个老爷子的儿媳妇追到地铁里发狠话说:"爸,你要是和那老妖婆结婚了,我死给你看,和你儿子离婚!"弄得整个车厢突然鸦雀无声,大家的目光同时聚焦在他们身上,老爷子孤苦无助地被儿媳妇带走了。

"儿子说了,我不能再和你联系,否则我将被赶出家门。"我见过一位老阿姨送别一位叔叔,都已经明显说明,他们不能再爱。

出站口有公园的地方,为数不少的老人都在谈恋爱。他们不能公开自己的爱,只能以去公园锻炼身体为由向孩子们请示。

这些故事不仅关乎年龄、性别和世俗秩序,更是老年人情感处境的典型——夕阳的爱与性,孤独与死亡,无法逃避的现实和始料未及的勇气。他们究竟该如何解决一个人的夕阳期?孤独至死,还是携手同行?官方有没有可能出面帮助老人,顺应老人爱的心愿?这些我都不得而知。

老年爱情,很沉重的话题,导致我一大早坐过站了,匆匆写下只言片语。

抱娃娃

地铁1号线、5号线,被我命名为医院路线,在这样的线路中,有很多关于病人的故事。

秋天了,她依然蓬头垢面,怀里抱着一个一米高的布娃娃,很脏,娃娃脸上沾染了很多污垢,两个麻花辫上用红色皮筋绑着。她紧紧抱着娃娃,嘴里念念有词,娃娃的肩膀上是小孩子用的书包和水壶。

"乖妞,来坐下,和妈妈一起坐地铁回家。"说着把一米高的布娃娃放在车厢的凳子上。

"来,多喝水!"

"妞妞快生日了,想让妈妈送什么礼物呢?"

有一段路，
我｜们｜相｜遇｜在｜地｜铁

　　我写这位妈妈，是有点于心不忍的。她穿的好像还是去年的棉拖鞋，本来毛茸茸的红色面料已经变得干瘪，没有穿袜子，身上依然是去年的一套粉色的连衣裙，已经很脏很脏了，还散发出一种气味。记得去年冬天，有好心人送她羽绒服，好像见她穿过一次，又扔下了。头发有一股汗馊味，头顶一撮一撮白发露出来，披头散发的，实际年龄并不大。她嘴里总是叨唠着什么，好像在和孩子说话。

　　在安检区，她主动跟安检人员说，布娃娃是她女儿，不能进入机器进行安检，她是人。这个站的安检人员了解情况后，也经常搀扶她一把。

　　人一旦失去精神支柱，就可能会崩溃，患上精神疾病。它不同于人们常说的"神经病""有病"。去年9月，报纸已经报道过这个三十多岁的妈妈失去女儿的故事。女儿7岁，刚上小学一年级，不幸得了白血病，而且很快恶化，妈妈措手不及，在医院门口乞讨救命。可是，游走在医院门口的都是病人，给她三元五元也是杯水车薪。她几乎疯掉了，看到人家车门没有上锁，就去车里拿走钱包，被送进看守所。等到事情解决出来后，女儿已经去了天堂。这件事经过媒体报道后，还引发网友讨论。事实不完全是网友道听途说的那样，我作为一个知晓一二的在场人，想澄清我所知道的一二：这件事上警察是温情满满的，当得知母亲因为孩子生病去盗窃，立即采取安抚措施，积极探望孩子，发动捐款。当事人也表态撤诉。整件事是有人文关怀在里头的。

孩子的父亲好像一直没有出现，只见过有一个和母亲年龄相近的大姐，曾经在往返的地铁中陪伴过她一段时间，听说是她妹妹。

人多的时候，有人给她们让位，也有时候，她们给其他人让位。

"来妞妞，给爷爷让个位，妈妈抱。"或许是因为精神上的折磨，让她看起来像五十多岁的人。对面几个大妈七嘴八舌议论着。

"她在百货楼上班，以前是女士服饰的营业员，三十多岁吧。"

"好可怜啊！"

"她单位也很关心她，就是和老公离婚了，孩子走了，她就成了这样一个人。"

"孩子走得太快了，这样的打击是人都受不了。"

"单亲妈妈不易啊！这样何时是一个头啊！"

"5号线开通后，她经常换乘去省人民医院游荡。可怜的人啊！"

医学院站到了，她抱着娃娃出站，嘴里念叨着："马上到家，妈妈给你做你最喜欢的。我们去北京看病哈！"

往年的秋雨来得稍微晚点，好像在国庆节后。今年天冷得很快，一场秋雨一场凉，大街小巷的梧桐树开始落叶纷纷。外面依然不停地下着雨，这个秋天已经驱走了所有的燥热。这位母亲如此衣衫单薄，不知道她在这个秋天该如何度过，还有马上扑面而来的严冬。毕竟她还如此年轻，路还很长。

看着她抱着娃娃蹒跚的步伐，希望秋天掠过冬天早点过去。

在地铁里醉酒的外卖小哥

天刚黑透,城市的夜就已经华灯初上,流光溢彩。大街两边的玻璃橱窗里,各种姿势的模特穿着时髦的服饰,散布着流行的时尚元素,诱惑着行人的眼球;大小的餐馆早已是宾客满座,喝茶喝酒聊天的比比皆是,路上三五成群结伴而行,一派熙熙攘攘的景象。城市夜生活已经开始了。

工作到深夜,直到紫荆山站最后一班车。一名快餐配送员因给客户送饭晚点,导致被投诉而郁闷醉酒,在站台上难受得呕吐不止,不能上车。他介绍自己才刚干没有几天,实在没有什么经验可谈。很注重外表的他还穿着白衬衣戴着红领带,即便再忙,他总是把自己的皮鞋擦亮,争取给客户一个好印象,从而获得好评,顺利开展工作。可是一连多日被投诉,连饭都吃不上。今日外卖小哥的老婆工作的饭店有包场很难抽身,嘱咐外卖小哥去幼儿园接孩子,谁知外卖小哥因郁闷去酒馆喝酒,一喝就刹不住,半斤到肚子里了,起身时晃晃荡荡,身不由己,手机也没有电了。

一提起外卖小哥,很多人会体谅起来,估计会责备投诉的人不该如此刻薄。有一次,一名女警同事在中午11点的时候点了外卖,是附近的一家沙拉店。那时候她很忙,户籍警察中午不下班,吃饭时间就一个小时,好像说中午单位饭是米饭,因怀孕了不想吃米,也几乎没有时间去吃别的,如果外卖超过12点15分送到,她就一口都吃不上了。所以她每次都会提前下单,各种提醒备注。结果那天,外卖小哥一开始打电话说"马上,马上,要到了要到了,先给你送达",说完就失联了,13点15分都没有送到。她打电话过去问,外卖小哥说:"旁边还有几栋楼,送完到你。"她说不要了,退单。外卖小哥说:"不行,都快到了,你体谅一下。"她气愤地说:"体谅什么?都要饿得胃痛了,而且沙拉晒了那么久还能吃吗?"外卖小哥说:"你这人太不友好了,我们送餐容易吗?"她说:"我工作就容易了?"之后就被外卖小哥挂了电话。因为实在郁闷,她在微博上吐槽了这件事,

万事有情
在地铁里醉酒的外卖小哥

结果被一群网友狂撕:"随便投诉别人,害别人罚款扣钱,你说你是不是贱?""送餐不容易,宽容点好,你这么狭隘小心日后婚姻生活。""一看就知道她没有家人!"对于那些触犯我们底线的行为,我们当然有权力生气、维权。然而中国式"好人",却总是奉劝别人要宽容、要善良,要以和为贵。

外卖小哥醉酒倒在地铁里,呕吐不止,皮鞋上都是呕吐物,满身酒气。看见此景,我们赶紧给他手机充电联系家人来,毕竟最后一班车了。就在打电话的一转眼工夫,外卖小哥突然大小便失禁,很多乘客都绕路走。

"真他妈没有本事,回老家卖红薯。"外卖小哥在其妻子赶来后流下眼泪,"老婆咱回老家吧,种种地,卖卖红薯,我真没用。"

妻子抱着孩子,不顾丈夫身上的污秽,紧紧相拥而泣。她尽量把脸贴在老公脸上。

外卖小哥的老婆委屈地告诉我们他们这几年的打拼经历,几度泪崩。他们最开始都在一个大饭店打工,为了孩子上学,于是他就离开饭店专门跑外卖,生活很不容易。为了他们的小家,丈夫工作十分努力,跑摩的带客、摆地摊卖袜子等都干过,心里承受了很大的压力,她理解丈夫的不易,也希望做好丈夫的后盾。

此时的外卖小哥,哭得像个孩子,一直跟妻子诚恳道歉。在向我们鞠躬表示感激后,外卖小哥的妻子搀扶着他离开,一路跌跌撞撞,孩子也牵着他的手,慢慢上了扶梯。

出了地铁口,路边有个弹吉他的长发男很应景地唱着:"……开始觉得呼吸有一点难为/开始慢慢卸下防卫/慢慢后悔慢慢流泪/男人哭吧哭吧哭吧不是罪/再强的人也有权利去疲惫,微笑背后若只剩心碎……"声音沧桑有力,一种秋天落叶的悲凉感迎面袭击而来。外卖小哥的妻子吃力地骑着超大的电摩,丈夫趴在她背上,孩子依偎在她怀里。开始加速,奔向回家的路。三人摩的闯过歌声,消失在霓虹闪亮的夜色中。

相爱容易,相处不易,只要心心相印,心有所向;生存容易,生活不易,唯愿在城市街头怀揣梦想的人,拥有酒一样香的梦想并开花。

发广告传单的奶奶

一大早急匆匆赶到地铁口,还没有乘扶梯下去,我被两个发广告传单的奶奶拦住。大老远就看见她们一人手里掂着一个环保袋,里面都是超长超宽的广告单子。

"小伙子,来接张宣传单子,我们可以发20元钱的奖金。帮个忙呗。"两个奶奶一个张着嘴巴,盯着我;另外一个奶奶在稍微远一点的地方开始用手机对着我,要拍照,说注意微笑,手接单子。

这一大早,刮的什么风,奶奶们玩的什么花招?拍微电影吗?还是搞什么活动?毕竟她们穿戴时尚,不像一般发广告的,再说,一般发广告的也没有要求拍照吧。我就这么一个情商,理解能力刻板。

"不好意思！我穿警服不便！"

"穿警服才好看啊！效果好！别走了！别走了！奶奶告诉你怎么拍就是！"

我箭步下了扶梯。毕竟有急事要传达。回头时，看见两个老奶奶还在出口望着我喊："等着你哈小伙子！警服效果好！还有20元奖金啊！"

以往，在街上看见派传单的，有如见了瘟神，远远避开，免遭其烦。派传单的人会经常受人白眼，面皮要厚才行，是一种受苦受累受人气的苦差事。不过这也算是一种对人的锻炼，尤其是对年轻人，但奶奶们到底想做什么？

会议上通报一早一群奶奶在地铁车厢里发广告并留影，招来很多乘客的投诉。会务完毕，大家各自上岗开展工作。我换下警服，顺着扶梯上了地面。

"来来！怎么把衣服脱了？我就觉得你是一个大好人。"发单子的奶奶说着笑着。拍照奶奶说，来配合一下，说着就开始把手机对着我，让我手持广告，原来是一个房地产商在做销售。奶奶们发这个还真是第一次见。一个奶奶穿戴时尚，头发染得乌黑油亮，耳朵、脖子都戴着饰品；另一个奶奶戴着墨镜，穿着时尚

万事有情
发广告传单的奶奶

的小黑裙,里面套着一条灰色的紧身裤袜,脖子用围巾裹得严实,脚穿三条纹的时尚运动鞋。她们应该不缺钱吧?

地铁口发放广告本身就是不合理的,容易引起堵塞,甚至踩踏事件。遇到这样的奶奶,我该怎么办?

"不要紧,我们拍了很多,你看!我们不是骗子,再说你是警察,怎么能骗你上当?"一个奶奶滔滔不绝。

"我们拍照,通过手机传给主管一张,可以收到20元红包。我们都是两个人配合,然后平均分配,一人10元。我今天收入快上百了。"另一位奶奶有条不紊地补充道。

"最开始我们也嫌麻烦,把广告传单卖了,但是废纸不值钱,一大捆也卖不了几个钱,还重得很。还不如这样干,可以兑现很多红包。"

奶奶们像培训师一样,左边一嘴,右边一嘴,开始轮番对我轰炸。好吧,我们三人合影。奶奶们一激动,真的左边一个右边一个,把我夹在中间。我没有拿广告单,是路人帮忙拍照。

好不容易打发了如此被洗脑的两位奶奶,突然心里特别沉重,不知道老人的儿女们知不知道老人在街头如此这般。钱真的那么重要吗?很多时候我觉得不一定,奶奶们应该是太孤独寂寞了吧?老人是我们社会结构中的一部分,我们年轻人很多时候忽视深度的陪伴，没有时间跟他们沟通，强调个人工作的无限忙碌。如果老人因为失去儿女的关怀，被人利用，甚至做一些违反法规的事情，我觉得儿女们有不可推卸的责任，包括我在内。

最近一段时间，经常碰到兼职发卖房广告单的阿姨，一直没怎么在意这个事情，今天又碰到这两位奶奶恳求拍照。这些开发商的大腕真会营销，奶奶级别的人都充分利用上了。经济固然重要，可精神的缺失会带来问题。希望奶奶们能去做跳舞奶奶、唱歌奶奶、绘画奶奶、模特奶奶，而非被开发商利用的奶奶。

父女情

地铁开到紫荆山站,上来了一对父女。父亲的穿着是很标准的民工样子,衣服是洗得都泛白了、褶皱很多的老式中山装,一只运动鞋头还有一个补丁。女儿估计是在上大学或者工作一段时间,说的是标准普通话,衣着朴素大方,宽松的毛衫配牛仔裤,款式比较入时。看样子,是父亲从老家来看望在城里工作或求学的女儿。仔细一看,这个父亲我认得,就是前一天在这个站报警丢钱包的人。

父亲提着一个乡村化肥编织袋的大包,女儿手里拿着两张地铁车票。车上人很多,他们挤上车的时候,车里已经站了不少人。父亲大声喊:"往里靠靠!"一边喊,一边把人推开,然后把大包咣当放在车厢靠近栏杆的地方,挡住了很多人的路。他大

有一段路，我们相遇在地铁

大咧咧地站在车厢当中，也不扶栏杆，伸手掏出一个屏幕已经磨损的老手机。女儿说："你扶着点栏杆嘛。"他大声地说："没事！没事！你自己站好！不要管我！"车一开，他一个趔趄，撞到别人身上。女儿很担心地说："注意点，人多。"父亲不是很情愿被人说，但看得出，他很紧张，也许没怎么乘坐过地铁。他很希望在女儿面前表现出见过世面的样子，让女儿觉得有安全感。这或许是一种本能的、努力维护自尊的方式，维持一个父亲在女儿面前的强大形象，但情形其实是显而易见的尴尬。他不合规范的行为，多少让我有些担心，我担心他和其他人磕磕碰碰产生口角，甚至打架。那时候他将会结结实实地丢掉自尊——在女儿面前——那对他将是多大的打击啊，想必这比皮肉之苦更会让他痛苦得多。

看得出女儿很理解他的意图，但又一时难以向他解释他的行为不对，只是不断地小声安慰他"你扶着点""我没事，我有地方站了""你不用操心我"……但她阻止不住他的不安，整个过程中，他一直紧张地把脚挪来挪去，同时努力做出很强硬、见人无数的样子。

已到天黑时分。女儿无意中说出今天是自己的生日。父亲好像有点忘记似的，脸上写满了无限歉意，变得柔软起来。

"下车吧。"说着就拎起袋子要下车，女儿也没有办法，跟

万事有情
父女情

着下车了。我跟在他们后面。在地面出口旁边有家西餐厅,父亲固执地要请女儿一回。但是女儿也比较顽固,手拽着地铁口的扶梯无论如何不肯放手。一直僵持着,父亲都快要发火了。

女儿说:"西餐不吃了,你买个蛋糕我带回去。"

父亲摇头不决,但还是理解女儿的用意,于是一起穿过马路去对面一个蛋糕店。一阵子后,女儿开心地提着满满一袋子蛋糕,和父亲返回地铁继续乘车。

在地铁站台,开往西大学城的列车来了,而且里面很空,几乎没有人,显得空间异常宽大,父亲让女儿先回去,就不送了。

"快点,快点,往高铁方向的也马上到了,你先回去!注意安全,拿好手机哈!"女儿一个箭步上了车。瞬间列车又启动。女儿还没有来得及和父亲招手说再见,就消失了。

父亲的眼光一直跟着离开的列车,好像在想什么事一样,拎着袋子在站台椅子上坐了下来。

他耳朵上夹着一支香烟,并没有乘坐往高铁方向的列车,而是一步一步艰难地返回出口。在出站口,他吸完一支烟,径直去了附近一个正在盖高楼的工地。我跟了过去,大门已经关闭。门口白纸黑字贴着一张广告:包吃包住,一天300元,按天结算。

天彻底黑了,我也在赶路,回家。路过一间咖啡屋,一阵阵咖啡香气溢满路边,周华健的《亲亲我的宝贝》唱得让人心痛。

爱相随

昨晚，在1号线和2号线换乘站，接到一处报警。

她是护士，他是医生。他俩，我认识。去年的圣诞节之前，女护士在紫荆山站给男医生做过人工呼吸，后来我还收到过他们的平安果。一年过去，他们却没有在祝福声中得到幸福。这样的故事讲起来有点吃力。

他在燕庄站附近住，她在紫荆山公园附近住，他们上班尽量都调好时间，在地铁1号车厢准时见面，但护士很多夜班，能约好遇见就是一种奢侈，他们格外珍惜。她给他带早餐，她亲手做的菜饼；他给她带酸牛奶，品质最好的。

他们的缘分始于去年冬天他在紫荆山站不幸晕倒，车厢里的她主动为他做了人工呼吸。当时车厢里的人都报警拨打110、120。在她给他做好了人工呼吸后,我带领他们在警务室休息了好几个小时,提供了热水、毛巾等,护士一直陪在他身边。那是他们的相识。后来她扶起他去公园,或许他们开始有好感,开始谈感情。接下来的平安夜,我收到他们精心准备的平安果,正式知道他们开始谈对象。他们经常来紫荆山公园约会、看电影等。听他们说过,医生是博士,30岁了;护士是本科,24岁左右。好像医生的妈妈还有点不太情愿,但碍于护士救过自己的儿子,也没有说什么。

他们经常约定上下班一起乘坐地铁。在人民路站,医生先下,目送列车离开。他在呼吸内科工作。她在医学院下的骨科病房工作,里面的病号基本上都是骨折的人。有一个十几岁的小姑娘因骨折腿上打了钢板,一直不能下地,为了鼓励小姑娘下地走路,她把手机交给她上网,学习一下技巧。有时间,还可以接一下家人打来的电话,不至于放在柜子里听不到。很多次,小姑娘看到过医生发过来的关心信息,总是第一时间告诉护士。就这样,他们同是医护人员,了解彼此的工作,让双方的距离感消失。

他们还邀请双方家长见面,一起聊起他们的爱情奇缘。她说

有一段路，我们相遇在地铁

要去北京进修了，他送她去高铁站。可是她又悄悄折回了，因为她必须这样做，她希望自己可以坚强起来。那一次单位体检，癌症让她开始不敢面对生活，包括爱情，只好采取美丽的谎言。返回后，她依然每天戴着口罩上下班，但失魂落魄，性格也变得孤僻起来。她还是把手机交给那个小姑娘，让小姑娘代替自己回复信息，谎称自己在北京进修。

那天正好是七七情人节，他们本来约定当天订婚。可是她失约了，他再也没有见过护士，只好发微信联系，嘘寒问暖。接下来几天，他拨打她的电话，发现已经停机。白天，医生在繁忙的工作岗位上，一到下班回家，不知如何安排被抛弃的时间，无心找地方吃饭。来来回回的地铁列车，紫荆山站、人民路站、燕庄、医学院站……他们在车厢里留下的欢笑记忆，在那段日子里，成为与她分离的替代。

直到昨晚，医生才知道是一个年仅十几岁的孩子在代替护士回复信息，护士已经在9月1日夜晚因肾衰竭突然离世。

面对如此打击，医生像疯了一样，飞快地坐地铁去医学院求证。在事实面前，他泪如雨下。他在夜晚10点多走进地铁口。一个与他有缘长达一年有余的出口，是那样熟悉。如果人与无生命的东西真能够产生感情，那么，他和它必定情深。钻进地铁，通过闸机，等候电梯，在站台候车。当大家都在有序排队的时候，他漫无目的。他再也见不到护士了，如同一件被抛弃的废旧物品。从此他的生活再与她无关。我不敢再往更远处想，可以想象他此时身心疲累，只想找个地方躲起来。

他看准膨胀螺丝吊挂下来的液晶显示器上显示的列车到站时间，向箭头指示的位置走去，排在第一个，鞋和栏杆有两步间距。不久，他站的那一排队列已排得很长，人们低着头，眼睛沉溺于手机。他突然双手使劲想翻越栏杆，想跃进漆黑的通道……听到列车哐当哐当地驶过来，人群在尖叫，有人死死拽住他，有人拨打110……

"别想你，忍不住我提醒自己/伤了心，有些事也要过去/心很痛……一生情，只为这一次与你相遇/情难了，难再续难再醒/人分飞，爱相随……"

一位见义勇为的英雄

手机汉子是一个在工地干活的中年人,写他,是因为他是一位真正的凡人英雄。我在想,他有多憨厚朴素,就有多正义担当。

车厢里拥挤,职业病一样的我喜欢看看人头,观察一下人群中的异样。高峰期的地铁人满为患,我一般选择尽量靠近同性,彼此可以相互理解,或者最好直接去车厢中间,这里相对人少,这样安放自己是最安全的,一来避免异性误会,二来自己也厌恶衣服挨着衣服的摩擦。好像手机汉子和我一样,也自告奋勇挤到车厢中间。乘客们都各自玩手机,完全融入了另外一个世界。站在我身边的手机汉子,大老远就可以看见脖子上挂着一个宽屏幕的大手机,绳子好像是前一阵子某运动会安保的胸卡带子,绳子

万事有情
一位见义勇为的英雄

上清晰打着某运动会安保字样。我有点纳闷，这么大的人，还这样把手机挂在脖子上。我也打开手机看了一下时间，他看了我一眼也低头看手机。突然，一种公鸡打鸣的音乐响起，他小心翼翼用袖筒擦了一下手机屏幕，音乐还在外放着。哎，也不戴耳机！我想提醒他一下，这时音乐停止了，他打起了游戏。

手机汉子弓着腰杆背着被子，胡子也没有很好地修剪，长短不一，头发更不用说，应该很久没有洗了，自然卷的样子，仿佛有一股味道，他一定是从工地出来的民工。他仔细打量着车厢里的一切，摸摸自己的手机。好像电话响铃了，他拿起手机放在耳边："喂，宝贝，爸爸下午就到家啊，给你买糖葫芦……"他怯生生地挂了电话，看看周围人的眼光，又从裤兜里摸出一款老式手机："老婆，下午回，下午回，给你带好东西哈。挂了哈，在地铁里，信号不好！"他赶紧把小手机放进裤兜，生怕被周围一圈人发现一样，然后又摆弄着脖子上的手机。

"车里有贼！抓小偷！"突然，一名年轻女子尖叫起来。

"大家不要乱动，我是警察！"

人群混乱，尖叫，撕扯扭成一团。我很难在如此混乱的人群里发现谁是真正的窃贼。一名年轻女子抓住一个二十出头的小伙子，狠狠扇他一耳光："你他妈的，偷老娘的手机，想死！"

这一站刚启动，人群里的小秩序被打乱，我抓住小偷的胳膊，突然，人群中有一个彪形大汉朝我裆部踹了一脚，顿时我双手失控倒在人群中。窃贼团伙乘机想逃跑，只见旁边手机汉子一个押胳膊肘过背摔，把彪形大汉控制了。人群涌动，很多人拍照叫好，我快速起身联合制伏。谁知，二十出头的小贼手持筷子长的刀片划破手机汉子的一双胳膊，鲜血瞬间顺着胳膊淋红了手机，车厢里顿时弥漫了鲜血、拥挤、惊恐、尖叫。这时，手机汉子强忍着疼痛迅速站起来："住手！"声音洪亮，那两个贼吓了一跳……

鲜血一直流淌着，车上的其他乘客被激怒了，纷纷出手相助。这当中，有人再次拨打了110，还有人拨打了120。二七广场站到了，同事们已经在车门外布控好了，两个贼无处可逃。手机汉子因刀片划破动脉、静脉失血过多，送进医院抢救。车上的热心乘客都跟随到了医院。我和同事从他的脖子上取出带血的宽屏手机，发现是一个儿童玩具手机，又立即从他裤兜里找到另外一个老式手机，才联系上他家人。

从此，地铁里便多了很多志愿者，也有更多便衣警察组混在人群里，经常以迅雷不及掩耳的速度捉现行，保护乘客安全。我由衷感谢并敬佩那位手机汉子，他曾和我并肩作战，守护着开往春天的地铁。

一次与陌生人的交谈

地铁开到紫荆山站，上来了一名40岁左右的男人，运动服打扮，很有底气的样子。他看了我一下，想说什么，但没好意思开口，我们彼此都扫了一眼对方。面熟的感觉，好像说不出曾经见过面什么的。人民路站到了，也到晚饭时间了，我就下车去某烩面馆要一份。正准备吃的时候，桌子对面的男的也要了一份烩面，这人真眼熟。

"我们刚在地铁见过。"

"你好！"

"喝酒吗？我们要一瓶啤酒吧？"

"不喝，真不喝！"这人是不是督察人员？专门在试探我？

"要不来支烟吧!"

"真不会抽!抱歉。"

"吃菜吧。"他要了两个菜,一个凉菜一个热菜。凉的是黄瓜蘸酱,热的是牛肉丸子。

"谢谢!"

"你是这边的医生吧?请教你,瘾君子有救吗?听说美沙酮可以挽救?"

"应该有点效果吧?是你吗?"我有点吃惊,第一次和陌生人坐在一起,聊起如此私密又棘手的事,觉得怪怪的。

"不是我,不是我!我坚决和这种人划清界限。就是问问美沙酮的效果怎么样。"

我一时语塞,但是职业习惯让我坚信他一定遇到困难了。

他突然一杯啤酒下肚,说:"兄弟,别害怕,我是好人,前妻染上毒瘾了,经常在地铁厕所里吸,很多次我劝她去美沙酮门诊戒掉,或者去戒毒所,她总是嘴巴上说好,行动上逃跑。我们都是外地来打工的,通过勤奋努力,承包了酒店,挣了点钱,可她却在河边打湿了鞋。"我惊讶地看着他,这个有故事的男人很惨,女人吸毒,即将家破人亡。

"我就是想咨询一下你们医生,美沙酮的效果。"

万事有情
一次与陌生人的交谈

"美沙酮是一种麻醉类特殊药物,用于缓解毒瘾发作的痛苦。如果违反国家法律法规使用,那它就是毒品,是违法犯罪行为,将受到法律制裁。"

"我们也离婚了,可一想到孩子想妈妈,一想到我们最开始从家乡来城市打拼就想哭,就不想放弃她……"

"她经常在哪里?"

"地铁的厕所里。我也不想让公安把她抓走,想让她在我的监督下服用美沙酮,换一个城市去生活,离开瘾君子的朋友圈,帮助她戒掉毒瘾。"

"有效果吗?"

"没有,她不能自拔,但是心里清楚。"他干脆把一瓶酒往嘴里倒。

他电话响了,一个女人沙哑的声音从电话中传来——

"你在哪里老公?给我送点钱。我在地铁站A口。"

"她总是找我要钱,我面临家破人亡的境地。"

他急忙放下碗筷要赶往紫荆山站。我也拿起电台毫不犹豫:"警务1号、2号、3号,请在A口布控警力,我马上到位!"

箭步下了人民路站,快速来到紫荆山站,大老远见他们相拥而泣,6岁多的孩子,泪眼婆娑地哭喊着妈妈。她风韵犹存,披头散发，皮裙羊毛衫，脸上涂了粉，眉毛像焊在皮肤上一样……我远远看着他们，孩子的哭声撕心裂肺。他们或许不知，法律制裁就在眼前。

处理完这样的事情，也该下班了。走出地铁站，外面已经是华灯初上的时刻，霓虹闪亮的街灯预示着城市夜生活的开始，公园里一群群健身的人群，放着高分贝的音乐，他们踏着节奏竞走着，很幸福也很养眼的一幕，我这样想着，身轻如燕。男人带着孩子穿过健身的人群，大步流星地往回去的路赶着。

马路对面，几个同事吆喝着说去吃烩面，除此外，喊什么，吆喝什么，一句也没能听清楚。

刑警老祝的爱妻秘诀

周末,值班。说来很巧,竟然在地铁里跟一起入警的刑警老祝碰面了,他还骄傲地向我"炫耀"他的"护妻妙法"。其实,嫂子的事情我亲眼看见了。

那天在1号线换乘站,正值高峰期。嫂子怀孕了,不是很明显,忙碌挤地铁的人都会误认为她是身材魁梧或者丰满。她戴着口罩,是某医院护士。

城市人多如蚁,扎堆在地铁中,尤其是高峰期的换乘站,人流如潮,摩肩接踵,即使挨着站,大家都表情严肃,相互瞟一眼。如果时间巧合,习惯巧合,同车久了,乍一见面,脸孔感觉有点熟悉,那倒是真的。

　　嫂子下班后匆匆到地铁站台时,地铁门刚好打开,在地铁门即将合拢时她挤了进去。当时正值下班高峰期,地铁中的下班族挤得如同沙丁鱼一般。可她的后面好像绿色通道一般,前面也好像有护卫一般,所经之处没有别人的拥挤,大家都争先恐后瞟了她一眼,露出理解的表情。我跟在后面,啊!原来如此,我为她的丈夫老祝点赞,很有办法!我在执勤中,不便过去打招呼。

　　站在地铁门口附近的嫂子,连个扶手都抓不到,可她周围相对一片宽松,两排人还不约而同地让位起来。她轻轻抚了一下刘海,似乎觉得一丝欣慰,她应该真的感觉很幸福。

　　很快,她要下车了,两边有人静悄悄地用手机拍照。她第一个慢慢出门,没有受到任何拥挤。同行的一个女生,要帮助她提手中的包,被委婉拒绝。

　　对她来说,往日高峰可能仿佛巨浪冲刷——被踩掉的鞋子、来不及捡的雨伞、被挤掉的破碎眼镜,还有没入口就散了一地的早餐,共同诉说着当时的慌乱。她现在应该都释怀了,没有了拥挤,还有很多热心人在周围为她搭建一个安全屏障。

　　记得有一篇小说《浪漫的路》,写一个刑警与怀孕妻子的爱情生活。我一直想写篇警察和家人的好小说,都没有成功。刑警

万事有情
刑警老祝的爱妻秘诀

真的是顾不了家,小说中的刑警不能陪怀孕的妻子去医院检查,就给妻子的背后悄悄贴了一张条子,让别人一路上照顾她,等她回到家里才发现那张条子。今天没有想到,真的发生在生活中。我有理由相信,在困顿的空间里她确实需要帮助。或许你会问,喂,你拍照片了吗?我没有拍,没有顾上,因为我也是看到字条后相互传达信息的人,严格说来,是字条的执行者,没有闲情去拍照片。

老祝说那段时间他上了专案组,时间都给了工作,留给家人的少之又少。怀孕的嫂子需要去医院做孕检,希望老祝可以陪她一起去。嫂子说:"你就不能陪我去一次吗?每次去孕检,人家身后都站着自己的老公,只有我,总是一个人。"老祝很为难。那天,在嫂子出门前,他给了嫂子一个深深的拥抱,并且这样说:"我这个拥抱是有神奇力量的,今天你一定会得到很多人的帮助。"嫂子很疑惑,无奈地独自出门了。一路上嫂子上公共汽车、下地铁,车上人很多,她都神奇地收获很多人默默的帮助,心情特别愉悦。原来,当老祝拥抱嫂子的那一刻,就偷偷把一张字条贴到了嫂子的背上,上面写着:"我是一名警察,她是我的护士妻子,我在上一个保密的专案组案件,如果遇见她,你能帮我给她行点方便吗?敬礼!"

现在老祝骄傲地向我"炫耀"他的"护妻妙法",眼神里大有说"学着点"的神情气势。大老远,挺着大肚子的嫂子向他走来。他一溜烟地跑过去了,头都不回。

篇三

特殊时期的祝福

- 口罩遮蔽下的暗流涌动
- 异常冷峻的空间
- 站口的流浪汉
- 祝福清晨列

口罩遮蔽下的暗流涌动

　　一早，和往常一样，乘坐地铁来到工作地点。临行，爱人给口袋里备了一个口罩，叮嘱我出门必戴一个。也难怪，爱人是医生，的确更专业。

　　这次工作方向有所调整，由于疫情，我们会强制乘客戴口罩，检查体温。说强制，还是有个别人意识不到问题的严重性，依然我行我素，像平时逃避安检一样。在安检处，几个戴着口罩的安检员非常认真整齐地站立着。这个春节，他们都在岗上，但总有几个乘客会瞪着眼睛，一副很不情愿的样子，更有甚者会说春节人少可以松点，好像对疫情的认识还不够。这个春节没有给大家带来欢笑，好像人人心中藏着很多的不快。

是的，接受安检，是义务；这次强制戴口罩、检查体温是责任。我随身带的手机包里面仅仅一个手机而已，我直接放在安检机的滑轮上，因为重量不够，我只好在另外一端静静等候。安检员上前检测温度，我没有理由不配合。口罩严实地包裹着半张脸，已经着实给脸蛋印上两道痕迹。手机包像生产间的商品，慢腾腾被移送到另外一端。我戴着手套，捡起来，欲过闸机，安检员礼貌地说"谢谢配合"，声音很小，毕竟，他们年龄也小。我想，不知道这些年轻的安检员个人主观思维里有没有深刻地认识到疫情的形势。他们经常和我们一起上班，都是天天见面的年轻面孔，希望他们不仅认识到自己岗位的重要性，还要多多爱惜自己的身体，在口袋里多备几个口罩。毕竟，安检口人员复杂，人们从四面八方而来。过了安检，需要刷卡，志愿者在闸机前指引着。对于我这个资深老警察来说，志愿者是多余的；对很多路人来说，是必要的。过了闸机，看见一群穿着防护服的工作人员，背后背着一个白色的消毒液瓶，在收摊回站。他们俨然医院里全副武装的医务工作人员，戴着眼罩、头套、塑料的手套，穿着防水靴子。他们必须在首班车之前完成消毒工作，显得筋疲力尽。也只有乘坐首班的乘客可以看见这样的消毒人员，几个好奇的乘客举起手机拍照。对这样的正能量宣传还是支持的，对疫情多一些警惕心理是必要的,但是不应造成焦虑和恐慌。现在他们亲眼所见,就不会断章取义,也不会多虑恐慌了。我们礼让这些消毒人员,打心里觉得他们一定是早早来到,辛苦了。

突然,后面一位乘客尖叫起来:"我没有发烧,凭什么检查,你们是不是有病啊!"嗓门有点大,声音尖尖,似乎很激动。回头一看,是一个打扮得超级时尚的女子,穿着皮裙、马靴、打底裤,在和安检员理论,声音越来越大,情绪激动时,干脆拽下自己的口罩,歪着头:"你他×事真多,过年都没有回去,也没有发烧,干吗这样阻拦我?!"站在一边的安检队长,快速上前做工作,生气女子总算有一点意识,赶紧戴上口罩,在安检员的劝说下,接受体温检查。我们一起下了手扶电梯,整个过程,生气女子傻呆呆地在想着什么。我能够理解,这样的春节带来的一系列问题,引发情绪上的大战,再加上还有如此多的程序,让乘客产生疲劳。有些人用不理智反抗规定,就像树上被消防员撤掉的马蜂窝,一群蜜蜂到处乱蜇人一样,近似于神经质的状态。

开往紫荆山方向的2号线列车即将到位,我扫描了四周,目测地铁上的口罩一族已经是百分之百。好像大家阅读手机的有增无减,偶尔会看见个别人魂不守舍的样子,他们在思考什么呢?

特殊时期的祝福
口罩遮蔽下的暗流涌动

窥探一下大家的手机，都是满屏的疫情新闻。很多所谓公众号都是文字的拼接，网上到处流传着这样那样的流言，弄得人心七上八下。

几分钟后，紫荆山到了，稀稀疏疏的人流穿梭着，他们好像都迈着沉重的步伐，毕竟，整张脸只见三分之一，只看到眼睛，我判断不出别人此时是欢悦还是痛苦。

那天走在大街上可以明显地看到戴口罩的人比地铁里的少，不到十之一二，而且绝大部分都是年轻人。当我戴着口罩匆匆走过时，还会有中老年人用奇怪的眼光打量我，仿佛是什么不祥的物件。在很多中老年人的理解里，只有生病的人才需要戴口罩，健康的人怎么会需要戴口罩呢？部分戴着口罩的人大概因为觉得闷，还将鼻孔露在外面。

紫荆山警务室里，仅仅一天未见的同事，都是隔年再见，大家相互寒暄问好。是不是家家都有"不听话"的父母？几位同事跟我们分享了他们的亲身经历，有吐槽，有无奈。

就这样，备勤，检测着入站的人流，看着警务室一圈大屏。下班后返回小区。出门时还没有发现，门口四名安保人员都戴着口罩，手上拿着体温计、登记本，要求登记检测。在接受一切安检后，刷卡进门，忽然，后面的人和安保人员吵架了：一个老年男人，好像在儿女家看孩子的样子，没有戴口罩，物业发他也不戴，他说，麻烦，不习惯戴口罩，没多大事儿。

回到家里，爱人赶紧催我取下口罩，放在塑料袋子里，热水洗手、洗脸，暂时把外套放在门口。这样，心里无比踏实。在洗手间，边洗边抬头，看周围的大楼墙体外闪烁的霓虹灯，"新年快乐，鼠年吉祥"，流动着五光十色的灯光，好像城市也只有它是热闹的。路上行人稀疏，只有几辆轿车在马路上慢行，除此之外，静谧无声。晚上，躺在床上，手机上各种消息不断，我处在焦虑迷茫之中。真不知道这个疫情会发展到什么程度，祈福众人平安。

异常冷峻的空间

昨晚,很晚才放下手机。小区群里有人通知附近酒店要关门了,酒店囤积的很多蔬菜要廉价处理。看着微信照片和视频,其实有点心动,但是家里还备有蔬菜,不想这样冒险出门,为避免交叉感染,最终还是放弃捡便宜的想法。

一早去地铁口,出口旁的垃圾箱旁边是落下的几个废旧口罩,基本上是医生用的。一阵阵凉风袭击而来,口罩突然乱飞起来,白色的口罩在空中飞腾着,一下子飞得很高,一下子又落在地铁口,仿佛地铁口成了吸取地面垃圾的一张嘴巴。瞬间,一地飞尘,夹杂着口罩、树叶、塑料袋等纷纷扬扬,街头的尘埃、废弃的垃圾往地铁口里灌。地铁口处一辆电动车好久没人骑了,前

有一段路，
我们相遇在地铁

后两个明晃晃的大锁，锁得实实牢牢，仔细一看，前面的电瓶已经被人掏空，里面尽是塑料袋、口罩等垃圾，电动车的倒后镜都破了，在风雨的洗礼中寂寞地等待主人的认领，可终究似乎还是被遗弃了。我忽然心里凉凉的，主人去哪里了？我可能被疫情弄得有点神经质了。

只要地铁还运行，每日检查消防、监控视频、处理群众报案、强制检测体温和戴口罩等依然是工作的常态。而且这个节骨眼上，必须保证没有任何问题出现。

我实在不敢乘坐扶梯，只有一步一步下步梯。径直往里面走，清晨，几乎没有什么人，遇见几个戴口罩的中年人，好像都刻意离得很远。观察他们的眼神，应该也是紧张得要死。我对警惕性高的人群有一种天然的佩服，觉得他们觉悟一定不差。有一名老年人，过安检的时候戴着口罩，过了安检就立即取下："真他妈憋人，哎，死不了。"他还算好一些的，有的人压根就是任性惯了，非常不配合。一名妇女，40岁出头的样子，特别壮实，耳朵戴着耳机，就是不戴口罩，跟安检的小姑娘撒泼谩骂，语言极其恶毒。地铁安检人员只好联合警务室的值班警官对她批评教育。谁知她死活不去警务室，只好在带班领导的建议下，禁止她乘坐地铁。她这才灰溜溜跑了，连自己放在安检机里的皮包也遗

特殊时期的祝福
异常冷峻的空间

忘了。

车厢里，的确有过安检后取下口罩的人，引起周围人群不满。一个小姑娘，为了化妆取下口罩，实在让人费解。周围一圈人有人马上走开，离她远点；有人直接说："戴上你的口罩，注意这是公共场所，不是你家。"小姑娘在众目睽睽之下只好乖乖地戴上，但是她双眼充满不忿，嘴巴好像一动一动的。

我往另外一个车厢走动着，在这个时间，车厢里也显得冷清不少。进到另外的车厢，有四名乘客，无一例外都戴着口罩，且分散开来，或站或坐在车的不同角落：一个穿着花外套的阿姨扶着杆子站在中间，不愿意坐下；一个大妈坐在窗边的爱心座位上，低头不语；还有两个年轻人戴着口罩并排坐在一起，低头刷着手机，好像打游戏的样子。大妈想取下口罩，我示意说："阿姨，你觉悟真高。"阿姨回应："哎，这是没有办法，我不爱戴口罩，可孩子们要求我戴。孩子们天天念叨、天天劝。"

人民路站到了，上来是一家三口，年轻的夫妻俩都戴着口罩，宝宝大约两岁，也戴着粉色的儿童口罩。我听到年轻的妈妈说："你坐不坐？不坐妈妈就走了。"孩子没反应。妈妈又说："你不坐妈妈就去坐了，等下摔跤了我就不管了。"直到旁边的人下车后，妈妈带着宝宝一起坐下，开始低头看手机时才安静下

有一段路，
我 | 们 | 相 | 遇 | 在 | 地 | 铁

来。她以为这样吓唬孩子是为了孩子好，可以保护孩子不受伤，可孩子真正需要的是什么，她似乎不知道。

不和外界交往的工作模式，会让人紧张，也会让人专注手机的信息，好像也唯有手机是通往外界的唯一通道。通过手机，我了解到本地版"小汤山"医院在紧张建设，地铁14号线一期因客流量大幅度减少，暂时停止营运。

2003年"非典"时我参加工作，我们成立"非典"处置队，好像那时候没有现在这样紧张。那时候，纸质媒体特别发达，每天早上翻阅报纸上的"非典"累计人数，可以一整天不上网。17年后，当我遇到这次疫情，而且发展如此迅速，让人觉得担忧、焦虑，导致我不能安心照顾孩子，甚至一日三餐没有食欲，耳鸣眩晕。尤其在地下30米工作时，经常会有耳鸣现象。爱人说，他们医生都在备勤待命，一旦需要，挺身而上。就这样，我们各奔东西，各自坚守岗位。

一天下来，尽管人流量少，但高质量的坚守又是如此重要。爱人下班回家，说早上没有吃成饭，中午一点多才吃的，全部吐了。此时此刻，手机里依然流传各种没有充分客观科学依据的"经验"。看着群里的各式心态，想必也很纠结。于是，我们下定决心，约定不刷朋友圈，不理那些未经确认的小道消息。

特殊时期的祝福 篇二
站口的流浪汉

站口的流浪汉

　　今天,天放晴。因为有会议安排,所以中午回小区了。这应该是新年以来,第一次在中午看见城市的情况了。平日里拥挤不堪的道路变得空空荡荡,再也难见往年春节期间熙熙攘攘的情景。冷清的街景与张灯结彩的装饰形成了鲜明的对比。戴着口罩匆匆赶路的行人,随处可见防控疫情的宣传条幅和戴着红袖标的疫情防控志愿者,记录着城市的勇气。每一个"独行侠"的眼里,都带着归家的期盼与隔离期的紧张,口罩捂得很严,两眼忧郁,步履很快,这样的情况应该多少和心理有关系。

　　在地铁紫荆山站一个出口处,发现一位青年男性躺在一处枯草上。三十多岁的样子，衣服褴褛，油光满面，胡子拉碴，头发更不用说了，蓬头垢面，没有戴口罩。看到男青年未戴口罩且衣服单薄，脚上穿了一双凉拖鞋，我们立即上前询问。在同男青年交流前，工作人员为其提供了一次性口罩，并为其进行体温测量，确认体温正常。男青年自称不是本地人，因与女朋友闹分手，几天前自己孤身一人从北京乘坐火车来到这里，将近两天未曾进食。经进一步询问，男青年好像因与女朋友分手，导致精神有些失常。男子在北京做理发师，他讲，原本过年要带女朋友回家，却因疫情，计划落空了，女朋友产生想放弃的念头。男的经不起挫折，寻死觅活起来。这样一来让女朋友产生厌烦情绪，直接避而不见，手机拉黑了。女朋友是本地人，于是他就乘坐火车来这里寻找。

针对这一情况，我们立即和社区人员取得联系。社区工作人员快速给他送来了食物、水、厚衣服和鞋袜。鉴于特殊时期人员流动存在风险，这些流浪在街头的人无处可去，没有口罩，吃饭都是问题。社区工作人员表示，他们会加强对辖区流浪人员的摸排，绝不能让流浪人员身体健康得不到基本保障。他们已经协调民政部门提供救护站集中收留。

病毒犹如打开的潘多拉盒子，魔鬼被释放出来，落在城市不

特殊时期的祝福
站口的流浪汉

同的角落里。这座城市和它的绝大多数市民,在特殊时期体现出了高度自律与自我保护。一家家店铺关门暂停营业,车辆一眼望去屈指可数,目尽之处行人稀少,偶尔看到的行人都戴着口罩,行色匆匆,即便遇到熟人也只是点头问好,仿佛这座城市一瞬间被按下了暂停键。尽管如此,这座城市依然温度满满。这不,流浪人员在众多部门的协调之下,顺利去了救护站,避免交叉感染,而且得到了食宿安排。

有一段路，
我 | 们 | 相 | 遇 | 在 | 地 | 铁

祝福清晨列

自2月19日零时起，地铁实行乘客扫码实名登记乘车，地铁车站"一站一码"，有助于做好公共交通防疫实名制和溯源工作，保障市民乘客健康、安全出行，科技助力城市疫情防控工作。为了避免更多直接接触，自2月21日起，地铁将关闭车站自动售票机，暂停发售单程票。

清晨第一班车，也是我执勤的时间。这个时间，有人仍在床上，有人在公园散步，有人在享用紧张工作之前的早餐。此时的地铁，清新、干净、没有混杂的人群。站台空荡荡的。相对于即将到来的高峰期，此时相遇变成一种唯美的可能，只是人们都是一张戴着口罩的面孔。

有一段路，
我|们|相|遇|在|地|铁

人群稀少，显得井然有序。特殊时期，没有人大声喧哗了，也无人交谈，仿佛每一个人都有一段忧伤的往事，每个人都有一个属于自己的世界。所以，我特别敬畏清晨列，只是因为大家都在口罩下，负重艰难行走。

城市的地铁站，失去往日的人潮汹涌。我也曾在这里一次次同亲人相聚，又一次次同亲人别离。重逢固然欢喜激越，离别也着实黯然伤感。如此循环往复，便不再那么感情用事，聚散愈来愈带上几分平淡随和。明白每一次翘首期盼和每一次目送里都有一份深挚的情意，那些不需要言语去表达。一个背影，一个眼神，一次挥手，一声叮咛，将地铁站也焐热了。

特殊时期，往日的各种不文明行为逐渐消失了，仿佛乘客们成长了，懂事了。在站区的各种电子屏幕上，到处都是疫情的宣传。一位40岁出头的大姐，穿着雨衣做防护服，头上戴着浴帽、护目镜等全副武装，看见人流多的地方，起身就离开，转向其他车厢去。对了，她手上还戴了吃烤鸭的一次性手套。前天，在中医学院一附院站出口，一名乘客拒不戴口罩，而且拒不测量体温。接到警情后，我们前往出口，耐心劝他接受体温检查，并把自己的口罩送了一个给他。这样，对方情绪缓和下来。测量体温的时候，发现温度37.8摄氏度，他便和队员一起去医院门诊

特殊时期的祝福

祝福清晨列

再次测量，结果是36.3摄氏度。估计是刚刚情绪紧张、脾气暴躁导致体温上升。面对这样认真的工作态度，乘客被感动，也被感化，鞠躬表示感谢。我们分管的线路，都在极其繁华地段，紫荆山站、中医学院一附院（定点收治医院）、二七广场站、火车站、医学院站（定点收治医院），不是人流量大，就是定点收治医院。路过医院站，女孩手里的玫瑰、康乃馨等散发着一阵阵清香。这样的场景，让我想起很多人形容爱情故事的花语：不是每一朵鲜花都代表爱情，但玫瑰做到了。对比其他时段的列车，清晨列让人可以有个好心情。

穿上防护服，测温，消毒，耳边不断响起站区的广播声音：地铁倡导广大市民乘客，实名登记、佩戴口罩、主动测温、有序进站、分散候车、分散而坐，无接触式乘车，不长时间逗留。越来越收紧的交通工具也在科学管理。清晨列，人少，我开始理性从容地去面对生活，集体反思已经是我们的必修课了。

篇四

五味杂陈

- 你的善良必须有点锋芒
- 不做『叉腿族』,文明你我他
- 防丢娃
- 在地铁跳钢管舞
- 『连体婴』
- 请戴上耳机
- 遇见猥琐男不要怕
- 将偷拍男绳之以法
- 『门神』与技术员

你的善良必须有点锋芒

乘坐地铁，年轻人居多。在地铁的闸外区，一般很多"仙人"逗留在此，眼光瞄准猎物。如果遇到陌生人向你求助，借三五十元的路费，你会施以援手吗？对很多人来说，答案是肯定的。很多骗子有五花八门的骗术，在地面上频频让老人上当，现在转战地下打年轻人的主意，尤其是女大学生，单纯、善良，容易上当。

换乘站里，警务室内，女生很不好意思地来报警，而且有同行的同学陪同。

"看她怀孕了，说身上钱包丢失，先加微信，回家后会转账归还给我。"

有一段路，我\|们\|相\|遇\|在\|地\|铁

"孕妇哭了，挺着大肚子说来看肚子里的孩子。哎，要是我拦一下也就没事，我还鼓励她帮助别人，这不，我也给她支持了600元，这是我妈给的生活费。"同学说。

前天傍晚五点多，东区的刘学生在地铁环线花园路站换乘另外一条线的通道内，遇到一名向她求救的孕妇。她基本上是跪求的态度，说怕老公生气，回家后把自己的私房钱打过来："千万不要声张，我特别害怕，丢钱了，我死的心都有。"

刘学生转了400元后，孕妇又说还需要1000元现金，这时候露出特别心慌的样子。

"放心吧妹妹，我怀孕了，带着孩子不易，你已经转了400元，害怕我不还吗？"说着立即要跪下来求她，求刘学生从ATM机上提取现金3000元给她，承诺会通过支付宝转账归还。第一次遇见这样的场面，一直待在学校没有接触过社会的刘学生照做了。

孕妇自称来自西部某大城市，来本地做孕检，担心孩子有问题，还做了一个假工作证。通过女人孩子的弱点，立即取得对方信任，添加手机号和微信，说有手机号和微信，无论她走到哪里都可以找到，再说有工作单位，你看工作证，这不是在外丢失钱包了有困难吗？并信誓旦旦回家立即还钱。

五味杂陈 篇四
你的善良必须有点锋芒

添加了微信后,刘学生翻看了孕妇的朋友圈,里面全是怀孕多少天、亲亲我的宝贝之类的,朋友圈仅限3天权限。孕妇为了取得信任还把在医院病房的照片给刘学生看。这一切,让同为女性的同理心、同情心一下子迸发了,刘学生毫不犹豫地给对方取出4000元现金。送走孕妇前,她们还拍照留念,孕妇还假装说孩子出生后认刘学生为小姨。

送走了孕妇,刘学生心跳加速,和同学一起上地铁返校。同学说是不是骗子的时候,刘学生说你怎么可以如此揣度对方,你没有见人家怀孕了吗?刘学生一直沉浸在自己做了一件好事的感动中,同学的猜疑丝毫听不进一点,还说,回头你怀孕了,需要帮助,你这样的态度估计没人帮助你了。

正当她们一个偏信、一个偏疑的时候,刘学生的微信出现双手作揖的表情,紧接着文字是:谢谢妹妹,就是还差500元,再转一下,权当姐姐借用一下。刘学生毫不犹豫,立即转账,对方快速收账。刘学生在这不到20分钟的时间里接二连三转账、取现、微信红包转给孕妇,开始对同学的规劝有点相信了,于是立即给孕妇发微信联系,自己的微信居然快速被拉黑了。

于是就出现最开始在警务室的一幕。

警方通过微信、转账记录、语音等证据,通过视频比对,很快确定犯罪嫌疑人。原来是团伙作案，多位女性扮演孕妇或者残疾人等弱势群体，来博得普通人的同情，以丢失钱包为借口，常常说幸好手机没有丢失等让对方混淆视听的语言。受害人大多数都是在校学生，没有社会经验，对落难的人士都信以为真，并通过微信、支付宝、发红包、扫描转账等形式转给犯罪嫌疑人。当犯罪嫌疑人得手后，还可以再次索要，成功后立即拉黑。

我也时常感叹，学生的警惕性是不是太低了？为什么骗子屡屡得手，而且让受害者认为自己是爱心帮助？通过我们调查研究，骗子在地铁里专挑年轻的女大学生为对象，尤其是刚走出校门的女生，因为涉世不深，经验尚浅，加之不好意思当面拒绝，虽然内心可能会有怀疑，但最终还是选择轻信对方。还有一个更重要的心理步骤，就是借助网上支付平台多次讨要，但凡有人上钩，骗子就会多次讨要。不少受害者第一次给完现金后表示身上没钱，骗子提出可以用支付宝、微信转账。他们深知，被害人只要头一次给了钱，后面也不好意思拒绝。同时，加了微信，等同于留下了自己的联系方式，这样更容易赢得被害人的信任。待事后被害人再通过微信联系，往往已被拉黑。

还有一个最重要的心理就是，单笔金额小，降低报案风险，骗子讨要的钱款单笔都在200元到500元之间。受害者往往因涉及金额小，嫌麻烦，又碍于颜面不想让家人朋友知道，于是放弃报案。

当丢失的钱通过侦查返还的时候，涉世不深的刘学生哭了起来。唉，稍微有一点警惕心也不会落得一个好心人被欺骗的结局，无原则地去做好人好事就是人们常说的傻。防诈骗课应该在学校、家庭里完成。记住，善良的女生，你的善良必须有点锋芒，很多坏人利用别人的善良和同情心来作恶，甚至还用道德捆绑的方式。善良的女生，你要努力做一个善良而有智慧的人。

有一段路,
我|们|相|遇|在|地|铁

不做"叉腿族",文明你我他

早晚高峰时的公交和地铁本就拥挤不堪,地下地铁,地上公交,逛街购物,买菜做饭,就医上学,所有人都行色匆匆。可是偏偏有些人忘乎所以,特别坦然地把公共空间当成了自己家,插队、占座、跷脚、叉腿、公放音频……在自己出行时遇到这些"奇葩",足够令人烦躁不堪。

今天我和老警一起便装巡逻,在紫荆山站遇见一名过分的"叉腿男"。

在1号线上,他40多岁的样子,手里玩着手机,上身穿的是一件格子衬衣,很时尚的带袖子补丁的白线条加黄底纹,胳膊上刺了一个骷髅文身,下身穿的是紧身牛仔裤,有破洞的,右皮鞋

五味杂陈 篇四
不做"叉腿族",文明你我他

前面还开了一个口子。国字脸形,大牛鼻子,皮肤还算干净,右耳朵至少穿了7个耳钉。他叉开自己的两条大腿,大约120度,而且肆无忌惮地外放音频听着歌曲。我和老警站在他的面前,由于是高峰期,人多,我们留意着乘客的个人财产安全,没有过多去看这些乘客的个人姿态。突然,这个男人两边的女士都对着他要求收拢大腿。

"收下你的腿吧,我都有点受不了了。"他右边的女士紧锁眉头看着"叉腿男"。

"你还让其他人坐吗?收一下你的腿。"左边女士显得不耐烦,有点想发怒。

他不出声,弯下腰想用胸部去贴大腿,腿稍微收了一下。但是依然我行我素,不考虑他人的任何感受。两位女士也忍了。

下班的高峰期,大家都在乘车回家的路上,一天工作下来很累,尤其是在原本就拥挤的车厢里,旁边的人竟然还大叉着腿,那就更累了。明明列车上有各种提示,但他们仿佛听不见似的。在公共场合,这种叉腿动作不仅占了空间,对于女性而言也有些不雅,我最担心的是会导致他们发生口角,甚至报警处理。毕竟都是赶路人,报警处理会耽误大家很多时间,生气带来的不良情绪更是难以描述。

有一段路，我们相遇在地铁

　　老警示意我提醒他一下。"下班高峰期，大家相互让一下哈，不要占太多空间，让他人更拥挤。"

　　"叉腿男"突然猛一下站起来，又坐下，也不知道是腿不舒服还是故作姿态。他猛站起来的瞬间，我看清他的脸庞，眉心中间粘了一根长长的头发，不知道是不是他自己的，一阵汗味猛地散发开来。

　　狭小拥挤的空间经常让乘客苦不堪言，而"叉腿男"这种不文明现象尤其令女性乘客头疼不已。管理层强调，每位乘客应有更多的空间，严禁叉腿而坐，并呼吁尽量不要在车内饮食，礼让座位给老弱妇孺等。虽说这个社会的经济生活整体发展越来越好，但只要是有人的地方总会发生各种各样的摩擦，所以不良现象需要我们去发现曝光它，这个社会才会愈来愈好。

　　地铁是每个大城市的标配，相比路面上的汽车堵车几个小时，坐地铁虽然很挤，但是总比在地上堵几个小时好，毕竟地铁很快能到达你想去的地方，是整座城市里最方便的交通工具。但是由于地铁人特别多，每个人的生活习惯各式各样，素质水平不够的"叉腿族"令人尴尬和苦恼。我经常乘坐交通工具，有一次，一个男的就把我挤到一个角落，他把脚都伸到我这边。幸好旁边还有一个空的座位，我就换过去了。如果没有空座位，我肯

五味杂陈 篇四
不做"叉腿族",文明你我他

定会告诉他,让他把自己的下肢放在自己应该放的位置上。难道这很不舒服吗?

俄罗斯一名20岁的法律系小姐,在地铁上惩罚了好多男性乘客。这位小姐,自称是"公共活动人士",她认为"叉腿坐"这种令人讨厌的坐姿,是"性别侵略",是不尊重周围女性的表现。

公共交通,几乎是每一个普通人日常生活中最不可忽视的存在。"叉腿族",请多多注意自己的仪表,尊重一下周围的乘客啊。

防丢娃

1号线,民航路站。

显然高峰期没有座位,我紧紧抓住扶手,身边一位三十多岁的妇女一手牵着绳子,一手玩着手机,耳朵上戴着耳机。头发烫成波浪一样的,染成金黄。头上戴了一块头巾,一身黑色的连衣裙,显得很时尚的样子。

顺着她手上的绳子,我看到另外一端拴住一个三岁多的孩子。孩子特别调皮,直接用手里的玩具棒敲打乘客。一头是大人,一头是孩子,如此用绳子拴住,紧紧地。妈妈只顾看手机,孩子的鼻子流出很多鼻涕,好像还戴着尿不湿,已经鼓起了大包,涨起来了,显得孩子有一个特别大又特别圆的臀部。

五味杂陈 篇(四)
防丢娃

孩子的妈妈瞄了一眼孩子："别乱动！"抬起右手提提绳子，孩子继续我行我素。旁边的乘客见状，示意让座给孩子，起身离开，孩子一屁股溜上座位，双手摆弄着绳子。我有点纳闷，既然有人让座，这位妈妈怎么只顾低头看手机，不代替孩子说声谢谢呢？车门开了，先下后上进来一拨人。孩子很顽皮地抢占了最好的位置，头朝车窗张望起来，一副没有被父母教育过的样子，我看着有点失望。这位妈妈竟然视而不见，听而不闻。车门关闭了。

妈妈甩了一下大波浪："别乱动，别乱动。"自己也朝车门处移动了一下。

"妈妈，我要，我要玩具。哼哼，哼哼！"孩子哭了起来，不停地拨动着手里的绳子，有点像孙悟空拨动头顶的金箍一样，显得十分不耐烦。

有点困，昨晚没有休息好，想拽着扶手闭一下眼睛。紫荆山站到了，我下车，孩子突然直接跟着我跑了出来。回头一看，他妈妈还在玩手机，直挺挺站在里面，下车人流已经都出来了，上车人流蜂拥而上。

"谁家的孩子？戴着绳子的！"绳子拉得老远了，妈妈还在后面，屏蔽门已经在倒计时噔噔噔响起了，那个妈妈才不以为然地跟出来。

"挤死了,你怎么溜出来了。看我收拾你不!"妈妈严厉锁眉的脸很吓人,追赶着孩子要说事,孩子吓得继续跑,中间隔着一条绿色的绳子。大家不敢接近他们,怕被绳子绊倒。

妈妈很快追上孩子,取下自己手里的一端,戴上孩子的另外一只手,她直接抓住中间。"我让你跑!看你跑哪里去!"气喘吁吁的妈妈直接一屁股坐在地上,让孩子面对自己,开始说教起来。

曾经流行重要的事情说三遍,有个事情我说了不止三遍。因为这个防丢绳,全国各地有地铁的城市都出现过一个很严重的问题:曾有大人与孩子之间的防丢绳被夹在车门与屏蔽门之间,而且车辆已经开始运行,幸亏工作人员及时发现,马上用对讲机呼叫司机紧急停车。可为什么还有大人如此漫不经心?真的觉得有了防丢绳就可以万事大吉了吗?

因担心小偷进入或担心孩子爬窗户,大家给家里安装了密密麻麻的防盗网。不错,大人可以放心了,可是哪天他家火灾,消防人员进不去,只好采取切割的方式打开防盗网。这样的例子很多,总认为有了这些辅助工具就可以万事大吉,不必操心费神。被不少家长奉为"遛娃神器"的防丢绳也是这样,在外出时让孩子在手腕上佩戴一根,此举能在一定程度上防止孩子到处乱跑而

五味杂陈 篇四
防丢娃

走丢，但稍不注意，也会发生意外。

由于地铁闸机、商场的感应门以及升降电梯无法识别防丢绳的存在，当家长和儿童分别在电梯或车厢内外时，电梯、地铁等感应门会照常快速合上。一般情况下，孩子无法自己打开手腕锁，一旦电梯或地铁启动，后果将不堪设想。在楼梯、扶梯等拥有高低差的区域，实验显示，如果绳子钩住了梳齿板等机械设备，风险更是难以预估。在人流密集的公共场所，牵引绳也会影响其他人的正常通行，一不留神就变成一条"绊马索"，一旦有人被绊倒，孩子也会被带倒。

那个顽皮的孩子被训哭了，他妈妈瘫坐在地上。

真想上前告诫她一句："不要玩手机，看好自己的孩子！"结果，我鼓起的勇气又咽下去了。第一，我当时着便装；第二，可能她也在反思，因为面子问题，她在众目睽睽之下只好怪罪孩子，就不招惹她了。

建议家长在带孩子乘坐地铁时，应当提前取下防丢绳。殊不知，防丢绳对孩子的自尊心有多大的伤害！想要防止孩子走丢的话，还是需要家长多加关注，尽量别让孩子离开自己的视线，不要玩手机。仅仅靠一条绳子就可以替自己管理孩子的安全吗？是不是盲目自信地在捡芝麻丢西瓜？

有一段路，
我|们|相|遇|在|地|铁

在地铁跳钢管舞

2号线，关虎屯站，这一站是动物园，上来的孩子老人多。

这个孩子，八九岁的样子，穿着破洞T恤，胸前是大老虎图案，后背是大灰狼张大嘴巴，双手戴着卡通表，头额和脖子上都戴着一条红丝带，破洞牛仔裤还是掉裆的，没有一点轮廓。曾经，我真怀疑一些服装设计师的审美。一个小孩子如此穿着，让人觉得前卫得有点荒诞。

对了，链子是他身上潜伏的秘密武器。破洞牛仔裤的一个裤兜旁边有一个明晃晃的链子，走起路来叮叮当当直响；脖子、手腕、脚踝等不用提了，全部是链子，各式各样的。这些都不重要，关键是，他竟然在地铁跳钢管舞。

五味杂陈

在地铁跳钢管舞

开始时是双手抓住扶手,练习胳膊手劲。一会儿后,觉得不过瘾,又开始直接用双腿夹住中间的光柱子,两只手直接向上爬,爬到顶端时,来一个自由落体运动。嘴里好像嚼着口香糖,下巴骨不停地一上一下,时不时龇牙咧嘴。

一直有些熊孩子喜欢把地铁当游乐园,围着扶手光杆上蹿下跳转圈圈,旁边的人根本没有办法抓住。最气人的是家长完全不管,好像在等着别人帮他教小孩。更有甚者,直接脚踩座椅,在车厢扶手上荡秋千。处于无有效监护状态的孩子就这样荡来荡去,十分危险。

这是谁家的孩子?怎么这么不懂规矩,一点文明意识都没有?旁边有两位老人,似乎是家长,一个黑脸,一个微笑——老爷子黑脸,老阿姨报以鼓励的目光。真想提醒他们一下,地铁行进过程中不能玩耍,否则会有危险,万一孩子摔倒怎么办。老阿姨看见我想出面阻止,立即铁青着脸,眼光犀利,直接说:"加油!好棒!"一副旁若无人的样子,大腿跷二腿。这老人应该不好招惹,算了,小警认输,不吭声。

车停了,又开动了,孩子一直缠在光杆上,进来的人都吓一跳。车启动瞬间,孩子一个趔趄,砰的一声重重摔倒在地上。他两只手直接抓后脑勺,又立即腾出一只手来摸自己的臀部,毕竟这两个地方着地。老爷子冷冷哼了一声:"看看吧,自作自受!"袖手旁观起来。孩子大声哭了,老阿姨快速抱起孩子,一屁股坐上刚刚离开的凳子,她真的好有劲,一把把孩子全部抱在自己的怀里:"好了乖,好了乖,奶奶一会儿去打它,这个钢管太坏了。"

"啊,我的宝贝孙子,可怜的孩子。"老阿姨一摸孩子头部流血了。

"120吗?我在地铁2号线某位置,有孩子摔倒流血了。"我立刻打了电话。

"好的,马上到。"

该怎么评价这样的家长、这样的孩子?是教育的缺失还是孩子天生好动,或者家长过分溺爱?熊孩子玩心都重,但危险无处不在,唯有家长平日做好安全教育,外出时保持警惕。这样的忠言常常会招来无端谩骂。谁让我是警察,前期敢怒不敢言,后期只好这样帮助了。我是不是有点失职?希望小孩和他的家人都记住这个教训吧。

"连体婴"

平时,大家走路、开车、骑车、晨练时,都常会发现前面有两三个人手挽手、肩并肩,一起轧马路。他们无忧无虑,走路慢腾腾,像走的是他们的私家路。对于赶路的人来说,他们像一道闸门,直接挡路拦截;当你鸣笛提醒时,他们无动于衷。这样的人,被很多赶路人称为"连体婴"。

早上地铁里,有两位女士,头发都烫成大波浪,有点发红的紫色,都戴着墨镜,目测四十几岁的样子,手挽手上地铁,颇有点生死姐妹情的意思。早上人太多,其中一位女士上了车,但另一位上不去。车门快关了,她俩还挽着手,后面的人眼疾手快,把她俩挽着的手强力扯开了……

这样的一幕见太多了,他们宁愿出现危险也不愿轻易分手,真的是"生死相依"。车上人特别多,他们要牵手挡道,非要像"连体婴"一样不让路。如果是情侣"连体婴",甚至大有秀恩爱的节奏,他们旁若无人,抱在一起,弄得周围的人连进入车厢的通道都没有。稍微提醒他们让路,有时会招来白眼,一天好心情都没有了。

有一次,在换乘站上车,一对情侣系列的"连体婴"抱得很紧,那个男的胳膊肘顶在我背上很痛。我说,不好意思,你胳膊能不能别顶着我背?结果我被嘀咕了一路,好像是说我这么矫情别坐地铁。女的一副黑脸相,露出"单身狗真可怜"的讽刺表情;男的紧绷着脸,说"有本事去坐飞机",大有我的女人我做主的气场,少管闲事。我忍了,也深知这些无聊的细节常是导致报警的根源。他们在公共场所不顾及他人,稍微有点劝告,他们会快速反击,恶语相加,脾气暴躁的甚至打架。

地铁本身就拥挤,这样的"连体婴"会导致行人堵塞。他们在前方像一个水库的小闸门一样,两边有墙体控制,他们用身体控制人流,从不会考虑后面赶路人的需要。在地下的各个地方,比如扶梯、直梯、步梯、换乘通道等,都能看到他们连体的身影。

五味杂陈 第四
"连体婴"

5号线是环线,我曾遇到一对情难自禁的情侣。从男的带着孩子坐下的时候开始,就已经在缠缠绵绵。女子一直搂着男子的脖子,不停地亲亲亲,甚至接起吻来,没个停歇,感觉要天荒地老地亲下去,好像泰坦尼克号上面临生死离别一样。最糟糕的是,好奇心强的小孩一愣一愣地看着这样的场面,父亲干脆抱着孩子背着他们。我看着尴尬得很,在换车厢和假装没事发生之间来回犹豫不决。虽然说这方面的教育不必对孩子太忌讳,但不分场合肆无忌惮地大尺度秀恩爱,旁人真的尴尬又无语。

有次节假日,在一如既往拥挤的紫荆山站上来一对情侣,那男人站在我的右边,那女的站在她男人的右边,本来也还是很平衡的。没想到车开动之后,那女人居然挤到靠向我这一边,双手紧搂男人的腰,身体则紧紧贴在男人身上,还用她那钩子一样的下巴牢牢挂在男人肩上。结果这位姐姐这么一挂,给我和我左边的乘客造成了很大压力,本来还能站两个人的地方,站一个人都很勉强。

真的希望有这样连体习惯的人,可以换位思考一下,在拥挤的公共空间,连体会给其他人带来困扰。所有私密的真爱都不是秀给他人看的,请回家再真情流露吧。

有一段路，
我 | 们 | 相 | 遇 | 在 | 地 | 铁

请戴上耳机

在拥挤的空间，来个深度打哈欠式呼吸，再来一个被埋在地下60米的孤独感觉，再来个深高分贝的持续噪声，估计大家都会疯掉。我已经严重焦虑了。总觉得公共空间里享受安静是一种权利，每一个公民都有义务保持安静。

上班下班坐地铁是现代年轻人每天的日常，坐地铁无聊就拿起手机刷刷微博、看看剧、听听歌。其实不管你做什么，只要不影响到别人就行。可就有那么些不自觉的人，听歌看剧不戴耳机。这不，今早就发生了一起因为用手机外放音乐被撕扯进警务室的事情。

地铁1号线一辆列车在快要到达火车站时，一名黑壮、高大

五味杂陈 篇(四)
请戴上耳机

的男乘客,在车上使用手机扬声器播放音乐,引起了同车厢一个小伙子的不满。小伙子劝阻无效后被骂,随后两人发生肢体冲突,在车厢内引起骚动。两名男子你推我、我碰你,互不相让,火气都挺大。我和其他乘客上前阻止,幸而没有发生流血事件。到达火车站,两人推推搡搡地下了车,下车后还打。

我随即掏出电台,联系搭档,把他们带到驻站警务室。

"他玩抖音声音特别大,整个车厢都爆炸了。"

"关你什么事,关你什么事!"

"这里是公共场所。"

"那么多人不吭声,你凭什么咋呼我。"

"警察,他公开放歌,还那么大声。我劝他,他还接二连三地骂我……"

……

处理完这件事后,我到人民路站候车,遇见一个一身白衣飘飘的女士。她戴着红色的眼镜,穿着筷子一样细的高跟鞋,长发齐腰,肆无忌惮地外放着音乐。

"亲爱的你慢慢飞/小心前面带刺的玫瑰/亲爱的你张张嘴……"声音巨响,手机的喇叭很差,破音非常频繁,尖锐刺耳。女子还把音量开到最大,微闭着眼睛很享受的样子,跟着音乐节奏时不时地动一下。我快被噪声吵得焦虑死了。

地铁终于来了，进了地铁，发现网络歌曲似乎没有停歇的意思，女子如入无人之境一般，继续很忘我地把玩着她的手机，放她的歌。这下被雷的不只我一个人了，而是整整一车厢的人。

"美女，戴上耳机吧！"

她装作没有听见。她旁边一个女的挤挤她的胳膊，她就一溜烟跑到其他车厢。

"有病啊！"她甩下一句话。

大老远，我看见她戴起耳机了。这类人大概被"神曲"洗脑了，无论何时何地都要外放一些"神曲"，自己听也就算了，还要给大家洗脑……

随着5G时代的到来，视频将成为信息传播最主要的形式之一，如果不未雨绸缪，对在公共交通工具使用电子设备外放声音的行为予以明确禁止，不排除到时地铁、公交等场所可能会出现一片乱糟糟的场景。不仅乘车体验要大打折扣，更有可能因为"声音之争"而引发口角和肢体冲突。可见，建议禁止乘地铁等公共交通工具时使用电子设备外放声音绝非矫情，更不是无病呻吟，而是当下的现实需求。

需要安静的朋友请举手赞同！谢谢了。出了站，到地面了，天空宁静如梦，一弯明月挂在遥远的天际，月白，天蓝。

遇见猥琐男不要怕

城市的过度扩张，导致人流量激增，而拥挤是导致猥亵事件频发的重要因素。日复一日的拥挤现状对上班一族的心理也有着强烈的负面影响。地铁里的高峰期，就繁衍出一些猥琐男的性骚扰行为。比如"咸猪手""摩擦族"故意前倾后仰达到皮肤接触，故意摩擦女性，甚至用性器官碰撞女性的身体，从而获得性快感等性骚扰行为。

国庆日早上高峰期，举国同庆，大家手中除平时的手机外，还多了一面小红旗。高峰期人很多，难免会有一些肢体接触，尤其夏秋季节，不过，这都是很正常的事。但是，在这其中，难免会有一些不老实的人做出一些龌龊的事情来。

有一段路，我 | 们 | 相 | 遇 | 在 | 地 | 铁

  我习惯性地戴上耳机听《新闻早班车》，开始便衣巡逻。两站后更多的人拥入车厢，我便侧身往过道中间挪了挪。车厢里静静的，人们大都在盯着手机看。突然听到一声厉喝："你要干吗？！"是一个女人的声音，声音尖尖的，来自车门方向，不明状况的人们都侧头去看，我也一样，然而只闻其声不见其人。我跟车门大概隔了20个人，密密麻麻几乎不留一丝缝隙——人与人之间生生被挤成了亲密无间。夏秋季节，大部分人下身穿着短裤短裙。过了好一会儿，才听到一声怯怯的男声："你的裙子腰带没有扶正，我帮你一下……"话音未落，刚才的女声夹着十足的愤怒再度响起："无聊！用你系吗？！流氓！"我这才明白，有女性乘客遭遇猥琐男的咸猪手了！我深知，在移动的狭小空间取证特别困难，可不能因为困难就不认真调查。为让事情能有更多认证见证，我移步到车门，很快到了下一站，猥琐男想逃脱下车离开。出了车门，这名身着黑色短袖的男子就拼命地往外跑，受害女子紧跟其后追他，我也毫不犹豫在后面追。到了站内大厅刷卡的时候，猥琐男直接翻越闸机逃跑，女子刷卡耽误了时间没追上，大喊了一声"抓人"，几名乘客就帮忙追过去。

  我用无线电台联系其他警组，快速合力围攻，很快把男子包围了。但是男子使劲挣脱了准备跑，旁边的一位热心市民顺手揪

五味杂陈 篇四
遇见猥琐男不要怕

住了他。而这名男子还想趁机逃跑，被旁边巡逻援助的警长一个胳膊肘锁住，并顺势来了一个背肩重摔，这下男子才被围观的群众重重围住，无处逃跑。

经过快速审讯，这名猥琐男每天搭乘地铁上下班，人挤人的车厢让男子有了趁机猥亵的想法。猥琐男碰到了报警女子的臀部，为了寻求短暂的刺激，伸手摸了一下女子的裙腰，以致女子觉得很恶心，现场训斥猥琐男，出现开始人群中的喊叫声。

女性乘客坐地铁的人身安全该如何保障呢？据悉，日本在2000年的时候已经设立了"女性专用车厢"，其他国家和地区也有效仿，然而也引起了很大的争议。当事情发生时，并不是所有的当事人都能立刻做出反抗，有些情况下有些人一味忍让，害怕尴尬，息事宁人，这样会助长猥琐男的嚣张气焰。猥琐男的行为是一种精神上的侮辱。在确保自己安全的情况下，大声斥责、喝止拒绝，并寻求周围群众的帮助，绝不沉默的同时也要有取证意识，快速报警。这样的事情，几乎每天都在发生着：很多时候根本不知是谁下的手，只能对着空气咒骂两句解解气；即便清楚地知道谁是罪魁祸首，激烈反抗后还担心被跟踪或被伺机报复，愤恨之余，只有慨叹。地铁安检只能检出是否携带危险物品，对于那些戴了一张人皮上车的畜生，又怎么检得出来呢？

针对性骚扰事件,我们郑重提醒,不少性骚扰事件发生在地铁上,由于乘客比较多,非常拥挤,所以色狼会借此机会进行隐蔽伪装作案;或利用挎包、借车颠簸和拥挤来作为掩护,或利用很多人是手机"低头族",直接贴靠受害者或者偷摸受害者。当人身安全受到侵害时,切勿因为面子或者胆小怕事而选择隐忍,如碰上不怀好意的色狼,受害者可以进行警告训斥,表明自己的态度;可以假装不经意间狠踩对方鞋子,以脱离魔掌;也可向周围的其他乘客靠近,请求帮助;还可以直接大声呼喊抓色狼,引起周围人的注意。以上做法要在尽量保证自己安全的前提下实施。

最后,重要的事情说三遍:不要死盯着手机不放,猥琐男最容易对看手机的女孩子下手。如果遇到猥琐男,一定快速拨打110求助。

将偷拍男绳之以法

今天秋老虎发威,特别特别燥热,地下的空间或许比地面清凉,但是一样闷。节假日人头攒动一整天,几乎没有高峰期之说。这样的持续爆满时间,挤地铁那可算是山呼海啸,水泄不通,磕头碰脑,人多嘴杂。不光需要力气,还需要勇气。上车时排队伍前面的不用愁,脚不离地就被推上车;队伍后面的就要使出浑身解数,力气大的是主力,力气小的见缝插针,有空就上,实在上不去的,等待地铁关门一刹那,一个助跑蹿上去,靠关门的力量,也能把你关到里面。

很多人懂得秋天要冻冻更健康,常言道:春捂秋冻。着装清凉的美女则成了各大街头靓丽的风景线,超短裙、牛仔裙、伞

有一段路，我们相遇在地铁

裙、裙裤等，更有甚者露肚脐的。然而一些不法分子却开始蠢蠢欲动起来，不是偷拍女性裙底，就是直接偷拍臀部，行为可谓恶劣至极。

今天便衣巡逻，在换乘站遇见偷拍男，或许这样拥挤的环境正好助长了他的嚣张气焰。紫荆山站上来一个看着阳光体面的领带男，穿着板正，皮鞋锃亮，40岁出头，正好我旁边有人下车，领带男毫不犹豫地坐下了，手里不停地滑动手机，时不时向四周张望一下，顺便甩一下刘海，刘海被摩丝打得固定了，丝毫没有发丝摇动的迹象。领带男撸撸袖子边，一个人窃笑着。我身边一个美女也入迷地看着手机视频，手抓着柱子，臀部正好对着领带男，穿着像雨伞一样的超短裙，别说盖住膝盖，就连大腿都很难遮蔽。女生戴着帽子，对背后情况全然不知。领带男突然仰头依靠窗玻璃，闭目养神，一时又改变一下姿势，把两条胳膊放在两膝盖骨上，低头盘算思考着什么，反正女生的臀部刚好接近领带男的头部。开始，我觉得这男的没有一点眼色，这样低着头靠近一个女生的臀部，真的很尴尬；这女生也是，后面背着背包，眼睛死盯着手机屏幕，车一启动，女生的短裙向后飘了一下，正好挨着领带男的头，仿佛快坐在领带男的头上了。

我穿着长袖长裤还戴了口罩，上地铁挺热，我就把口罩摘

五味杂陈 篇(四)
将偷拍男绳之以法

了，一转头就看见那个领带男把手机放在两腿的夹缝中，倾斜着对准女生的臀部，像是调拍摄角度，再转头就看见他在拍女生的大腿，还窃笑着，脸上露出狰狞的表情。我咳嗽了一声，示意女生注意一下，谁知女生回头瞪了我一眼："有病啊，安静点！"她没有明白我的意思。原本打算在人民路站下车，为抓住证据，我跟了领带男好几站。火车站到了，领带男要下车，情绪激昂，我自然也要跟着。"今天拍了几张美臀，哥们，好好分享哈！"他打起微信语音聊天，肆无忌惮地放声大谈起来。

"站住，我是警察，来警务室一趟。"我亮起警官证，他还有点忿，表情极其不悦，想伺机逃跑的样子。他灵机一动，手持手机快速滑动屏幕，想删除照片。

"跑吧！给你胆！"四个巡逻的警察闻声而到，把男子带到警务室，接受询问。

男子外表很体面，看起来压根就不是那种很猥琐、狡猾的样子，在人群里，他不是显眼的人，但他可以是任何人。我就很纳闷，这样的人怎么能有如此低级趣味？果不其然，多张女士隐私照片在手机相册里面。他已经意识到自己的"双面人生"被识破，等待他的是治安处罚。

就事论事，善意提醒一下，女性乘客外出时一定要有防范意识，随时注意跟在身后的可疑人员。穿超短裙的女士在车厢里最好背靠门而站，不给他人可乘之机；站在自动扶梯上，不妨侧身站立，这样被偷拍的角度就成了死角。如果女性乘客在公共场合遇到被人偷拍或猥亵，要智慧处理，及时请求周围市民帮助和拨打110求救。

"门神"与技术员

"车门即将关闭,请您抓紧时间上下车。"伴随着嘀嘀嘀的提示音,地铁里的屏蔽门即将关闭,还有人朝车厢里奔跑。车门口一般都会有技术员,他专注地盯着屏蔽门,侧耳倾听着。这些人工作时就是工作,便衣路过时,或许会出于职业习惯看我们一眼,但乘客们不知道这些。

今天是周一,基本上是上班族最匆忙的一天,我也不例外。国庆和运动会加班备勤足足一个多月了,还没在繁忙疲劳中缓过神,就得一大早从温暖的被窝里抽离出来,感受着冷冷的秋风直接钻进裤筒里"亲吻"自己的肌肤,顿时鸡皮疙瘩满身起,忘记吃早餐就步入拥挤聒噪的地铁……

有一段路，我们相遇在地铁

今天，遇见超级"奇葩"，他穿着一件带帽子的卫衣，黑色的，个子有一米八几，抱膀，怒目，站车门口看大门，死活半步不挪动，胯下有个跟他腿一样高的拉杆箱。

早高峰时段的拥挤程度，让人们经常调侃这趟列车可让人双脚离地，站着直接可以闭眼睛睡着。紫荆山是换乘站，换乘的人都是"奔跑系"的，下车的人困难，上车的人更困难，很多人都是靠志愿者一个龟波气功式的神助攻给塞进去的。

地铁来了，人头攒动，要上车的乘客在一旁先礼让下车换乘的人。就在这时我看到了那个奇葩一样的"门神"，双腿死死夹着拉杆箱，僵尸一样不舍得挪开半步，双手抱膀，稳若磐石地伫立在门边，挡着后方的人无法下车，惹得着急下车的人十分不快。待下车的乘客都下来以后，地铁又像解压包似的，又把空间瞬间填满。我好不容易一个箭步上车，站无虚席，却也得迎难而上，见门口有能站一只脚的空间，便屏住呼吸，打算贴着人谋得一个落脚的位置。可谁知这得天独厚的地理位置，是在"门神"的腋下，我晕，一股汗馊味道让人想吐。

"大家往里挪挪啊！里边空点！"作为乘客，都挤成这样了，我有义务发声，车门口的人群终于稍微缓解了，不过"门神"始终站如青松，一刻也不舍得离开。穿着工作制服的技术

五味杂陈 篇四
"门神"与技术员

员——真正的守门神也在门口检查车门,示意他朝里面走走,"门神"还是紧绷着黑脸,好像谁欠他钱似的,没有半点挪动的意识。

技术员冲着那"门神"说道:"帮个忙,往里边走走!我在门口检查车门!""门神"翻了个白眼,不耐烦地说马上下,让他别再挤了。技术员十分困惑,也没有办法检测,只好脸贴着玻璃,好像打算等这个钉子户下车后再检查吧。

考虑到周一上班的人情绪可能都不太好,我这警察当得有点憋屈,只好小心翼翼地和下一站要下车的人换着位置,艰难地往车厢中部挪动着。中间真的很空,就是纳闷这个"门神"干吗要如此岿然不动。

技术员有点着急了,手持电台,和对方应答着:"早高峰,实在没有办法给你回复消息,一会儿有人下车立即回复。我是检测一号。"技术员毕竟是在工作,能看得出来,他眼神是工作时的焦虑。他看了看周遭攒动的人,摇摇头看了看手机。我好想协助一下这位工作人员,小心翼翼地喊着"抱歉,借过一下",和别的乘客换位置后,成功地挪步到了车厢门口,而那个稳如磐石的"门神"依然在。

"让一下,我需要检测一下门。"

有一段路，我｜们｜相｜遇｜在｜地｜铁

"我马上就要下了。"

"过了十几站了，你的'马上'是多久？"我气急败坏。

"是你家的地你搬回家，我想什么时候下就什么时候下，关你屁事！"

一场没有硝烟的战争开始了……

"你看什么看！"略嘈杂的车厢被"门神"这一嗓子喊安静了。

"你一直堵着门口！人家上不来下不去！我需要检查车门！"

周一的情绪，车厢里的不透风，地铁广告的嘈杂声，技术员在电台的催促下也忍不住大声吆喝起来。

体育中心站到了，看着他们俩怒目相对，我真想上前给"门神"一点教训，你影响他人工作了，明白吗？

我和技术员都在这一站下车了。刚走出两步的技术员回头看了眼气急败坏的、依旧嵌在门边的"门神"，轻蔑地一笑："怎么着？你影响他人工作明白吗？！告诉你！想干架，出来干，我们单挑！别耽误人上班！"

以为都是男人说几句气话就结束了，可"门神"不那么想啊，当着这么多人的面不能丧失自己男人的尊严。说时迟那时

五味杂陈 篇四
"门神"与技术员

快,他噌地就出来了,骂骂咧咧拉扯着技术员要找地方干一架。

后来的事,大家都知道了,技术员报警了,我正好逮条大鱼,不用寻找报案人和受害人。"走吧!"就这样两人被送进了派出所。地铁里的监控查到技术员并没有动手,一直是要求"门神"让一下,他要检测车门,反倒是"门神"一直到进派出所还骂骂咧咧。这个是其他警员的判案,我让技术员先离开,因为整个过程我在场。

"我一直在车厢里……""门神"总算偃旗息鼓。

篇五 留心周边

- 小伙摆摊贴膜
- 地铁拾荒
- 寻妻的四川大哥
- 地铁周边的摩的司机
- 花瓶女生
- 卖花阿姨
- 午夜列车

小伙摆摊贴膜

雨一直下,好像没有停止的迹象。地面上行人为避雨,纷纷下地铁躲雨。其中一个年轻人特别招人注意,他周围围了一圈女孩子,在低头认真地给口红贴膜。真是第一次听说口红贴膜,引起了很多人的好奇围观,一群人将地铁负一层围得水泄不通,差点遭到了站务人员驱赶。幸好是雨天,大家相互体谅不易。

这名年轻小帅哥怎么能引起这么多人的关注呢?原来,他是目前就读于某大学电子专业的95后小伙子,谈了一个对象,特别爱口红,而且喜欢给口红贴外膜。看到女朋友特别热爱用故宫淘宝贴纸贴口红,但又手不灵巧贴不好,就嗅到了商机,出来摆摊贴膜。贴一支迪奥30块,一支美宝莲10块,于是小

有一段路，我｜们｜相｜遇｜在｜地｜铁

伙子就在地铁口放了一个不大不小的折叠简易方桌、两个小马扎，做起了贴膜生意，当然还有手机贴膜。这样的想法得到女朋友的支持。

小伙子首先测量了口红的尺寸，然后拿起刻刀精准地切割贴纸，小心翼翼地开贴，差不多3分钟的时间，一支口红就贴好了，女朋友在一旁用湿巾擦拭贴过的口红管。路过的人都觉得奇特，女孩子们更是对如此贴膜手艺感兴趣。

在街头摆摊不易，边贴还边被城管追赶，得换地方，尽管如此，一天下来，小伙子大约能贴上20支口红和30台手机，除去淘宝买贴纸的成本，以此类推月入过万，相当优越的两人收入。两人都是在校学生，也得到周围人的赞许。

女朋友主攻手机贴膜，小伙子主攻口红贴膜，他们风雨无阻。小伙子开始喊的口号是"贴膜吗，美女？贴膜管一辈子"，后来电影版《三生三世》上映，小伙子的口号换成"贴膜吗，美女？贴膜能管三生三世"。小伙子刚开始喊的时候，我们都会心一笑，带点嘲笑的味道，心想这小伙子领着女朋友，挺会跟随潮流。慢慢地，听的时间长了，也就习惯了，反而觉得他不叫的时候还不习惯。

我一直都很钦佩这样在大庭广众之下一起努力的情侣，这

留心周边
小伙摆摊贴膜

么长时间下来,我发现他们每天都来,生意异常受欢迎。贴膜不是他的本职工作,或许只是他们大学业余生活的一个社会实践,我想能让他坚持下来的动力,应该是他在给别人贴膜的时候很快乐,他可以通过自己的努力在给自己赚到一份收入的同时,能为别人提供服务,也能让他更多地跟人沟通。更重要的是,小情侣共同努力的真诚。在他们身上我看到了销售人的身影,励志不怕吃苦的真诚态度,还有一段美好的爱情经历。

贴膜小伙和销售人还有一项很厉害的技能,是我这种人没有的,就是脸皮够厚。我这种人脸皮很薄,如果让我说句销售的话,我说不出来;要是我说出来,说上一二十分钟,在大街上吆喝,没有人搭理我,我就会垂头丧气。而小伙子和他女朋友不会,也许女朋友是他勇往直前的动力,他们边喊边低头认真贴着,忙得不亦乐乎。

我有理由相信,多年以后,他们的幸福将会如电影《如果·爱》的场景,经过磨炼的幸福才经得起时间的考验。如果他们能修炼成婚,地铁口的创业经历一定是他们最幸福的记忆之一。

地铁拾荒

清晨6点,寂静的城市开始苏醒,不经意间,就开始了一天的工作。当第一缕阳光照耀在车务段上,地铁1号线的列车,缓缓地从车务段里驶出,拉开了整个城市交通运转的序幕。各个辖区派出所的每个人也开始了繁忙的一天。

拾荒婶,60岁靠上,快70岁了,齐耳的满头白发,两鬓有少许黑发夹杂其中,肩上背着一个超大的帆布包。每天都准时来,最后一班离开,恍若我的搭档,她更是乘客。她就是在地铁里捡拾垃圾的人。垃圾包括很多种,饮料瓶、牛奶纸质袋、小食品的塑料包装袋等。她不去公园唱歌跳舞散步,老伴走了,孙女大了,在儿子家闲得慌,于是就在地铁里捡废品,打发自己的老年时光。

拾荒婶告诉我说,现在能吃能喝能动,就要多出门做点事,就像在老家种地一样,老了也要干,那样心里踏实。

儿子家就在地铁口附近,她要是在地面拾荒,担心他们发现不好看,于是拾荒婶就谎称自己喜欢坐地铁,让儿媳妇办了一个地铁卡,开始她在地铁里的拾荒之旅。所以,没有自然而然的开始和结尾,就按照中间开始吧。

拾荒婶总是在站台的垃圾桶里发现有价值的塑料瓶、废报纸等,尤其是牛奶的纸盒,她总是小心翼翼扯开,折叠好,整整齐齐放在帆布包里;塑料瓶也是用脚用力踩扁,这么做应该是怕占位置吧。她在站台上会挑拣垃圾,而在车里发现有任何垃圾都直接放入另外一个塑料袋里。很多次,有乘客在站台自助贩卖机购买了饮料在车厢里喝,她总是安静地在一边等着,乘客喝完后,她上前一步接过空瓶,说:"谢谢你!"一次在紫荆山换乘,一位老叔叔不小心掉了50元人民币,拾荒婶捡起来大老远喊:"你的钱丢了!"类似的事,她也干过很多次。记得有一次,一位抱着孩子的妇女手机不小心掉了,尽管啪的一声,但她仍没有注意到。拾荒婶见状,赶紧喊:"手机丢了。"还跑到妇女的面前当面提醒。

在地铁出口处的厕所旁边有一个水龙头,她总是在整理好

留心周边
地铁拾荒

收集的有用废品后，认认真真地清洗一下双手，她还备有一块香皂；然后安静地坐在出口外的公园看跳舞唱歌的人群。有时候好像是累了困了，竟然在公园的椅子上睡着了。拾荒婶会在秋冬季节戴上口罩、手套，春夏季节戴着袖套。如若不是旁边一袋垃圾，不会有人看得出她是一个拾荒者。

拾荒婶曾告诉我，她在等一个大的拾荒者来收集她的劳动成果。大约半小时后，一个骑着三轮车（上面有特大的"垃圾车"字样）的中年男子出现在地铁口，男人戴着黑不溜秋的鸭舌帽，鼻子上还有污渍，戴着的白尼龙手套已经发黑了。他大老远高喊："收废品的！"拾荒婶猛地一惊，赶紧背着整理好的包裹，朝他走去，男人嫌她走得慢，直接上前帮助拎起来，三两步拉到车旁，打开看看，并用秤称，说："真重。"没有讨价还价，阿姨满意地收了鸭舌帽男子的两张10元票子，放在自己肩上的斜挎包里，看着三轮车离开。拾荒婶整理并叠好帆布包，笑容满面。

拾荒婶让我从另外一个角度，理解垃圾分类，理解垃圾对城市的危害，从而更加深入地熟悉我所住和工作的城市。在深入地下30至60米的巡逻工作中，不容忽视的垃圾处理也折射出我们的生活习惯。我们每天生产如此多的垃圾，却没有自己亲历处理的过程。垃圾分类刻不容缓。有时候我也在傻想：可不可以让一些类似拾荒婶一样的人群，有秩序有管理地成为地铁里的工作人员？

寻妻的四川大哥

地铁里人流量大,常常会遇见寻人的,今天就在人民路站遇见一个寻妻的四川大哥。熙熙攘攘的地铁站,过往人群匆匆忙忙,没有谁愿意在这里听别人的苦水故事。或许因为人流量大,手机用户多,在这里寻找人,成功的概率可能会高一些。像这位四川大哥,在地面求助无果,下地铁求助。

四川大哥,个头不高,姓李。胡子很长了,头发也很长,脸晒得很黑,一身黑色衣服。见我穿着警服就迎了上来,说自己已经报案备案,在焦急等待消息。但是寻妻心切,自己也一直在努力尝试寻找,希望运气好可以发现线索。

"我们夫妻关系很好,你看我们的微信,里面都是我发她的

留心周边 五
寻妻的四川大哥

520红包之类的。"说着把自己的微信打开让我看,果然不假,里面都是520、1314之类的红包,以及一些夫妻之间关心的话语,而且他们的儿子已经4岁了。他蹲在地上,从后背包里取出结婚证、成都的居民证等证件。

  他总担心自己被冤枉成家庭暴力导致妻子离开。毕竟这样的一面之词,的确很难甄别真假,光凭一方说,很难构建一个真实的体系。他上前让我看寻妻启事复印件,1989年出生,三十来岁的农村妇女,一副单纯清瘦的样子,旁边是4岁可爱的孩子照片,放大处理,好像这位父亲也把母子情感的重量放在第一位。"无论生活中有什么样的误解,可以看在孩子的面子上出来谈谈。如果说婚姻家庭生活不合适,可以选择离婚。"四川大哥带着委屈泪水的眼睛,死死盯着我不放。

  作为父亲,我也能感知这样的求助有多艰难。四川大哥的老婆独自到火车站,仅仅因为手机没有电,老婆说去充电,然后就没有回复。后来她短信联系说修手机,就再也没有联系。一周后,四川大哥在联系不上的情况下,变得多疑起来。本来那是四川大哥用自己身份证办理的手机卡,可以去查询看看这中间和哪些人联系过,查到号码后可以联系得上对方。可是四川大哥竟然把号码停机了。可能他老婆发现老公给自己手机停机后,对他再无信心，就直接再也没有联系过，一别竟两个多月的时间。

四川大哥依然唠唠叨叨地说，是不是被传销拉进去了，还是被一见钟情的男人看上带走了，疑惑满腹。妻子受过高中教育，而且自学了大专会计专业。对于一个有4岁孩子、年过三十的女人来说，应该有一点生活阅历和为人妻母的柔软，毕竟有4岁孩子在，无论如何也会把孩子挂在心头吧，所以四川大哥如此推断有点无凭无据。

"我离过婚，70后的人，比她大很多岁。当时她父母不同意我们的婚事，她是偷偷跑出来的，是奉子成婚的。"这么重要的信息，四川大哥自言自语起来，"切断通信方式，的确是我的不该，我该死。我也去央视寻亲节目登记了，我要给孩子找妈妈。"他疲惫的脸庞显得异常坚决，又难堪至极。

"老婆，你现在怎么样啊？老公一直都在担心你的安全！你在哪里啊？儿子也很难过啊。想到你和儿子，我心里就非常难受啊！老婆快快回来吧！这个家需要你，儿子和我需要你啊！"

…………

天渐渐接近黄昏，明天国庆，家国都在同祝共欢，四川大哥却在茫茫人海中寻找妻子。那个因为赌气或者其他原因消失的女人，有一个男人，不对，两个男人在车流如织的街头，孤

留心周边
寻妻的四川大哥

苦无助地苦苦寻找你。尽管大街小巷国旗飘扬,他们却伤心至极。这两个人,一个是你的丈夫,一个是你的儿子。或许他们是你最亲的人。

后来听说,他们几经波折,终于团圆了。

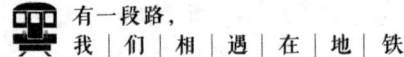
有一段路，
我│们│相│遇│在│地│铁

地铁周边的摩的司机

一直很想聊聊摩的司机。在地铁口，城市的繁华路段，火车站、汽车站等客流量大的地方，都出现了摩的扎堆的现象。作为警察，我怀着忐忑的情绪，真不知该如何表达对这个人群的感情，又爱又恨。"摩的乱象"处于"政府反对却管不了，市民担心却又离不了"的矛盾状态，需求决定市场。这一现象，折射出了城市拥堵异常、一车难打以及城市公共交通资源配置不合理等诸多问题。到底该如何破解，考量着城市管理者的智慧与水平。

只要一出地铁口，迎面而来的就有四五个骑电动车的人高喊着"摩的、摩的，去哪里老弟"。摩的司机通常把自己的脸裹起来，戴上棒球帽、口罩、眼镜、围巾，他们扎堆揽客，当然还有

留心周边 篇五
地铁周边的摩的司机

欺骗乘客乱要价格。他们随着城市早晚高峰而"出没",甚至他们之间还有一些行内的规矩,先来的排在前面,后来的不能抢客人,统一要价,如果一个顾客没谈拢,其余的顾客绝对不能拉。这就是一种哄抬价钱的要挟,弄得地铁口经常有人吵架,甚至出现报警事件。他们三五成群,一致用毛巾挡着自己的车牌号,或者贴上小广告,一旦被交警发现,他们堂而皇之说是别人弄的,丝毫不承认自己有一点责任。实际上大家都很忙碌,不可能往车牌号上乱贴东西,除自己外,没有他人,他们分明是一种小儿的侥幸心理。尽管交警部门采取了严打措施,但是他们像藏猫猫一样打游击,东跑西钻。他们还建立摩的群,统一喊话:警察来了,赶紧离开。

午间,我便装巡逻,从紫荆山站出口出来透气。他们像摆地摊一样异口同声喊着"摩的、摩的",上前招揽生意,有的甚至上前帮你提东西。他们脸上灰不溜秋的,鼻子里有很多黑泥,有的满嘴脏话,乱吐乱扔烟头。他们相对于其余离得较远的摩的司机,显得有点路霸的感觉:"爱坐不坐,市里都堵死了,你哪儿也去不了。"

"到二七广场多少钱?"

"30块钱。"他回答说。

有一段路，我们相遇在地铁

"太贵了，便宜点。"

"这点儿堵车厉害，出租车也不好打，我给你拉过去，最低25块。"男子瞪着眼斜看着我答道。

"10块中不中？"

"20块，少一分都不行。"男子坚决地说，有点不耐烦，想出口骂人。他后面排队的也帮腔说"走吧不贵，别误了上班"等。

我走了一段路，发现在十字路口还有一群摩的司机，他们跟地铁口旁边的人不是一伙的，多少钱都拉。谈好10元成交，这个司机年纪稍微大点，他直接说，不要在地铁出口边上坐，他们好狠，疯狂宰客。

车主拆掉了电动车的后备厢，而且很"体贴"地加宽后座的脚踏板。坐上摩的，开始"惊魂之旅"，吓得心惊胆寒，毕竟路上人多车多，摩的司机到处乱窜，简直是目中无车，一路左转右转，慢车道、快车道、BRT道、逆向快车道、人行道全上过，轧黄线、从公交车和汽车夹缝穿过……前面遇见交警执勤，他就弯路乱拐，贯彻两点之间直线最短的原理，带你穿越一条条胡同，压根儿不会和你有任何商量。有时分明再往前走一米便要闯入胡同人家的院子，他猛地一拐弯，又到了车声鼎沸的街道上。

留心周边 篇五
地铁周边的摩的司机

"老哥你冷静点,你方向走反了,现在是逆行。"我好像上了贼船。

这些风一般的摩的司机,像疯子一样,他们风驰电掣般地带着你在路上飙车兜风,有时会聊一些不靠谱的八卦故事,让人觉得可怜又可笑。

比如一名戴鸭舌帽围围巾的师傅在车上声称是某公司老总,需要给员工多搞点福利。"我们公司大大小小几百号人,逢年过节没有过节费,我觉得没有面子,所以我就出来赚些外快,给员工提供微薄的福利。"最后,这个师傅还硬要留下我的手机号码,邀我前去他公司做客,"老弟,你别管了,哥哥我摆局。给你好好安排,安排得劲。""公司老总"皮鞋后跟都掉了,有点像前几年刚上班的时候,在马路上遇见的一些摆摊的"某大学博士",用虚荣心撑起面子。

还曾遇到一位摩的师傅,白白净净的,戴着领带、口罩和金丝框的眼镜。闲聊之余把胸卡给我看,我语气怀疑,他便要证明什么似的,中途特意停下车子,掏出了证件给我看。"别说出去,影响不太好。"我还没看清楚证件,他立刻小心翼翼地收起了,随后说道:"没办法啊,工资低,出来赚赚奶粉钱。老婆离婚了,跟有钱人鬼混。"突然他停了一下,我把手机游戏按下

有一段路，
我们相遇在地铁

暂停，不然我该输了。

这些半真半假的故事，像小说，贴着他们不靠谱的人生路，多半是虚构的，我也不想探究真实。只是觉得在街头跑摩的，已经不算励志的故事，而是生活的辛酸故事。或许，他们的虚荣心能够严实地掩饰自己脆弱的心，让自己更有勇气一些吧。

也有一些听起来很有情谊很暖心的故事。那一次赶高铁，办事时出了点意外，延误了时间，正在焦急中，恰好瞥见路边横坐在电动车上抽烟的身影。那天车堵得厉害，摩的师傅载着我，从一条条胡同飞驰而过，家家户户都开始做饭，满鼻子尽是浓郁的饭香。风把我的头发吹得向后飘扬，露出了日渐增高的发际线，像小时候坐过山车一样。车越开越快，在车流中也不慢下来。那辆沾满泥点的电动车像一条鱼，从车的缝隙中钻出钻进，一甩尾巴就把无数鸣笛声远远抛在后面。坐在摩的后面，仿佛可以到达任何地方。当时我胸臆舒畅，尽情享受流畅的城市音乐般的节奏。

下车时，他说："赶紧走吧，小伙子，上车要紧，不要给钱了。"说完便飞驰离开。那一次如果我扫微信给钱应该是赶不上车的。摩的司机离开后，我转身马不停息，气喘吁吁，七拐八拐地通过安检后，进入闸机，下扶梯上车。我是最后一个人，大老

留心周边 篇15
地铁周边的摩的司机

远,手持无线电台的列车员喊着快点快点。那个送我去高铁的摩的司机,我连他长什么样也没有看清楚。打那以后,我就多留意路边的摩的司机,毕竟这个群体中好人居多。我真实感受过,而且真的很感动,直到现在。

有一段路，
我们相遇在地铁

花瓶女生

　　花瓶女生，说的可不是一个长得漂亮但是不中用的女生啊！她是我在地铁里遇见的，给病人送带着玻璃瓶花束的女生。就是觉得格外有创意，甚至有点文艺范，很生活化，我产生一种分享花瓶女生故事、不吐不快的冲动。

　　5号线，被城市冠以医院线路，很多看病的人都有乘坐5号线的经历。因此地铁里经常出现一些去看望病人的亲人、朋友，他们带着水果、牛奶，也不忘记带一束鲜花。很多人带的花束，花枝是插在含水的湿海绵上的，以此保证花所需要的水分，尽管如此，很多花到了病房，没有几天都枯萎了。病人在医院看病，谈到死，哪怕是花儿的死，都很忌讳。加上医院从管理的角度来

留心周边 篇15
花瓶女生

讲，有的花卉带有刺激性，会让病人过敏导致咳嗽，给病人带来心情上的障碍，不利于快速康复。

花瓶女生从高铁站上的车，手里捧着一束黄色的百合和一把青翠欲滴的富贵竹。富贵竹像一双双大手，婆娑大气，插在一个精致的玻璃瓶里，瓶底有少量水，花的枝干上绑着一个红色卡片，写着"祝早日康复"。花瓶女生20多岁，看样子是高铁站附近公司的白领，抽空来医院探望病人的。她一直没有坐，即便有很多机会，眼睛里像憧憬着什么。一个时尚的挎肩包紧紧贴在腋窝下面，显得休闲轻松，双手捧着花瓶，鼻子还时不时凑过来闻闻花香。一个精致玻璃花瓶恰好绽放所有的美。花瓶和花一起相送，可以让病人省去找花瓶的麻烦，更能让花草活得长久些，可说是对病人很细心呵护的行为。

一年前我也做过花瓶男生，也是搭地铁去探病。那天早上大雨倾盆，我去探望一位生病的师长。这位师长是跟父亲差不多年纪的老师，曾照顾过我，不能忘记去感恩。在医院等候电梯的人很多。一人生病，全家出动，亲戚朋友都要来看望，这也是人之常情。人多了，会陡然增加电梯的负担，电梯安全员全力维持着秩序。楼层高达四十多层，排队时，闲着无事便看着来往的陌生人解闷。对面一队第一位是中年男人，手里抱着

有一段路，我们相遇在地铁

一大束百合，整个电梯走廊都能闻到弥漫的花香；第二位是二十刚出头的马尾辫美女，怀里抱着一大束玫瑰花，我目测了一下，有几十枝，外包装用淡粉色的彩纸包着，中间是红丝带扎了蝴蝶结，上面清晰可见"祝您早日康复"的字眼；她的后面是一位中年妇女，沮丧着脸庞，手中的康乃馨被满满的满天星包围着，还带着雨露，显然她是冒雨过来的……那天也真奇怪，那一队竟然都是带鲜花的。我前面的队列里有人窃窃私语，不是医院不让带花看望病人吗？"现在家里有病人，即便医院要求，我们也是睁一眼闭一眼，理解病人家属的心情。鲜花或许是另外一种探望方式，等到了病房，医护人员自然会沟通的。我们不能拦截人的好意，要善意去成全。"电梯安全员示意不要发生言语冲突，引导一下闲言碎语。

我打量了一下排队的人群，除陪护的家人打饭外，都是要么带鲜花，要么带整箱的牛奶、水果、保健品等礼品，唯有我把办公室里闲置很久的花瓶洗净，里面放了十枝富贵竹，虽然在我看来葱葱郁郁，但是和这些大红大紫的花相比，就显得异常单薄。

我也收到过鲜花这样的礼物。第一次被送鲜花时，我也是住院，收到花时确有一种满足感，也是一种安慰。病房里弥漫着百合香气，旁边床上的病人说他皮肤过敏，问我可不可以带回家里

留心周边 篇五
花瓶女生

去,我也只好放到护士站了。拄着拐杖路过护士站,当时有一种送人玫瑰的心思,我依然维护着自己的面子,其实也就是自己的虚荣心。"这些探病的人真需要多了解一下生活,花儿的确美丽芳香,可它们不适合医院啊!"护士们的话语让我顿然明白。第二天,花悄然变蔫了,为了保护我的自尊,护士们依然摆放在桌面,直到枯萎。保洁员小心翼翼地捡拾掉下的叶子花瓣,我有些惭愧。一把精致漂亮的花束随着花草的枯萎而成为垃圾。

因此,我满怀自信地捧起玻璃瓶以及里面极富生命力葱葱郁郁的富贵竹,走进病房。我见到了多年没有见面的老师,一阵寒暄后,老人看着富贵竹青青劲劲的叶子、节节高攀的枝茎,忽然间从病床上坐了起来:"好久没有见到如此葱茏的叶子……"

路过护士站,一把一把的鲜花摆放在桌面上,护士们跑来跑去,根本没有一点工夫坐下来欣赏一下这些花,她们在呼叫器的遥控中奔跑着,穿梭着。花篮被冷落在一旁,和环境极为不和谐,一种强烈的反差映入眼帘:花儿一点不美,而那些流动的白衣天使才是一道最生动的风景。

数月后,我的这位老师发来短信:"富贵竹已经发芽了,我已经出院。结婚时一定要请我喝喜酒。"

总之,探望病人时送的花草,少量为主,精致最好,切忌多多益善，最好是，不，请务必有一个玻璃瓶盛放着，留给病人多一些念想与景致，让他有花草可侍弄，它们也可以在水的滋养中存活很久。否则放几天就枯萎了，反而会给病人带来悸动伤感。就像在医院里，四（死）之类的数字全部消失，图的就是给病人一种吉利的寓意……

人民医院站到了，花瓶女生迈着有力的步伐，自信满满地下车，老远，我看着她挺拔的背影，心想并祝福，她的瓶花，一定会让她的朋友早日康复。

留心周边 篇五
卖花阿姨

卖花阿姨

很久以前就想聊聊卖花阿姨的事。她60岁左右吧,在地铁车厢里或者地铁口卖鲜花。她是背着在本地上大学的女儿,偷偷卖花的。如说买卖,她是光明正大的,没有坑蒙拐骗。

繁忙的城市炫目刺眼,马路上、地铁里,永远是行色匆匆的人流,在夜幕降临时拖着疲惫的身子回家。偌大的城市很快没入夜色中,高楼大厦披上霓虹闪烁的七彩灯光,耀眼夺目,仿佛城市以有别于白天的另外一种形式生存在大地上,它像人一样加班到深夜,灯光依然不灭。每一次从地下出来地面,好像有点耳鸣的感觉,我需要在地铁口待一会儿,至少需要深呼吸一下。夜晚9点多,卖花阿姨已经在地铁口,我就和阿姨攀谈起来,了解了

有一段路，我们相遇在地铁

她的很多情况。

一个竹制的大篮子，很深很结实，可以挑起，也可以单人抱起来。人来人往，偶尔有人停下来买花，花束一般都是10块钱左右，也不贵。花的品种很丰富：有百合花、睡莲、转运竹、小雏菊、玫瑰、蔷薇、太阳花、满天星……阿姨来自外省的农村，特别喜欢花，家里有两个女儿，都在省城上大学，一个学医，一个学计算机。两个孩子不是很支持父母在街头卖花，但是孩子们都隐约知道父母瞒着她们。卖花阿姨和丈夫两个人每天出来卖花营生，丈夫在二七广场站，她在紫荆山站。每天9点30分准时出现在地铁口，风雨无阻。阿姨他们卖完后，就得赶末班地铁回郊区的家。所以每每快到末班车的时候，阿姨会时不时地看手机，10点30分一到，立马收工走人赶地铁，回到家后再收拾整理当天没卖完的花，整理完都凌晨了。这个点很多人早已睡着，他们收拾好就要准备赶往郊区的鲜花批发市场拿花了。

阿姨笑笑说："我们住在花卉市场附近，因为这个时候的花是最新鲜的，刚从花卉基地运过来。这个时间去，不会塞车。太晚去的话，好的花就被别人拿完了，还塞车。"

我问："拿完回来都天亮了吧？"

"拿完回来还得一束一束包扎，我和老公两人一起干，全部

留心周边 篇五
卖花阿姨

包扎完就到中午11点多。我和老公交替着休息,他去拿花,回来后他就休息,白天休息完他也出来卖花。"

卖花阿姨做个流动的小贩也不容易,这一路可以说是惊险刺激,像公园里的电动过山车一样。这几天里,阿姨遇到城管,她就躲、跑、捉迷藏,甚至躲进人来人往的地铁站里面。躲在地铁里面很安全,可以抱着鲜花去二七广场站,看看老公卖得怎么样,也可以顺便在车厢里卖点花。阿姨说,她一般不在车厢里卖,一来拥挤,容易把花挤坏;二来乘客都是玩手机的,很少有人买。

有一次,卖花阿姨从网上了解到警察过警察节,其实好像是国际警察节吧,阿姨实心实意地主动给我们站区民警送来鲜花和祝福。那一次有路过的媒体报道过,我们都特别感动,后来我们都主动购买过阿姨的花。我们站区有几个漂亮的警花,特别爱花,下班的时候总是带一把鲜花回家。阿姨也总是在每年的情人节、妇女节等节日给警务室送鲜花,表示祝福。

看着阿姨挑着二十多斤重的鲜花,爬楼梯的时候挺吃力的,其实挺心疼的。白天的时候抱着花四处走动,太累的时候就坐下来歇一歇。她有时去地铁站的厕所方便,把花放在站台,也没有人动。其他的小贩都会吆喝叫卖,阿姨却永远不说一句话。阿姨

有一段路，我们相遇在地铁

有一个老客户群，里面都是鲜花爱好者。

地铁沿途有很多医院，很多人看望病人也会随手带一把鲜花。上班的小女生买花的偏多，买花装饰一下自己的办公室或者住宿地儿；文着大花臂大花脖子的威猛男人，看着很凶，买花的时候一脸的温柔，暖暖的样子；看似桀骜不驯的男生，也会买一朵红玫瑰，叫阿姨帮他特别包好，放在背包里；也有很多男生买一束花藏在背后，站在地铁口等女朋友，女朋友一出来，就悄咪咪递出来，相拥而悦。也有纠结者，纠结了半个小时，也没决定买哪一束。有时阿姨也帮忙搭配给些意见。尤其情人节，不论是中国的情人节，还是西方的情人节，买花的都是爆满，得排队了。正如很多热恋中的女生说："谁会拒绝花啊！看到花，心都软了。"

认真观察他们，发现阿姨其实很了不起，她让自己的生活更加充实。不管怎样，与其抱怨生活的不如意，不如去多尝试、多经历，说不定会让自己的生活变得不一样。尽管生活很艰难，但每个人都在努力地过着。从事的行业不同，心酸的事情可能三天三夜都说不完，没有哪个行业是可以坐享其成的。

不知道卖花阿姨的大学生女儿是否愿意在节假日帮帮父母，毕竟她们学费里面渗透了卖花的辛苦、父母的血汗。不知道是阿

留心周边 篇五
卖花阿姨

姨不想让女儿知道，担心影响学业，还是女儿爱面子，不希望父母在街头卖花。其实卖花很正常，阿姨穿着红马甲，背后七个黄字，楷体，竖排："让幸福像花一样。"芳香，充实，微笑，绽放……

有一段路，
我｜们｜相｜遇｜在｜地｜铁

午夜列车

　　乘坐最后一班列车，常常是工作需要。最后一趟车，人少，自然也没有了嘈杂的噪声，好像连速度都轻快起来，有点灵气。
　　换下警服，拖着一天下来疲惫不堪的肉体，累得面无表情。到了地铁口下了楼梯，打算坐地铁回家。站里的人不多，大都安静地坐在长椅上玩着手机等着列车。上车后，车厢里人流稀少。后来的行程，地铁上还是进来零零星星的几个人，我看见长发及腰的半老阿姨，蓬松着头发，穿着花花的裙子，跷起二郎腿，瞪着眼角纹明显的无神大眼睛，空洞无力地发呆；也看见二十出头的小伙子，穿着背心，露出一副年轻人的窘态，困顿、憔悴、无力，用年轻人的活力抵抗着秋凉，却抗不过疲惫与瞌睡，在一个无人的角落里，身子缩成一团，旁若无人地闭目养神睡去。没有了白日的喧哗与拥挤，剩下空荡荡的车厢，像一尾孤单的鱼，带着一点倦怠与忧伤，穿梭在黑漆漆的城市地底下。

我曾经无数次仔细观察末班地铁，像打量一个陌生而有点奇葩的过客，不知道它从哪里来，要到哪里去，似乎要一直这么游荡下去。虽然我知道它的起点和终点，但是，那一刻我全然忘记了，就像忘记了我身边每一个熟悉的人。

有一刻，我兴奋起来，因为就在刚刚和朋友深入分享的过程中，我们都清醒地意识到自己的起点和终点。但是，很快我又有些沉郁，因为想到许多个熟悉的名字，他们每天就像这趟地铁，精神饱满地出门，腹中空空地回家。日复一日，似乎生活没有起点，亦没有终点。有一刻，还想起几个让人忧伤的名字，他们正在经历一些人生的苦楚，或为金钱，或为事业，或为爱情，或为健康，或者为一地鸡毛的生活琐事。他们努力想跳出圈子，我很想告诉他们，跳出这个蜘蛛网一般的圈圈，去发现不一样的天空吧。想着他们的名字，鼻子会发酸，拼命抬头望着地铁的天花板，祈愿他们明天醒来，在出门之前照顾好自己的身心和情绪。

有一刻，我莫名其妙想起自己的从前，那感觉，像极了穿越剧的男主角，一不小心从一个世界的黑洞里坠落，睁开双眼，发现掉进了一双带着钉痕的手中……

　　终究是要下车的,走在冬日午夜时分的都市,竟然发现街头停满了售卖小吃的三轮车,周围是形形色色的食客。在刺眼的电灯泡光照下,他们大多有凌乱蓬松的头发。我看见黑漆漆的角落里有捡拾垃圾者的身影;还有一些酒店的员工在往外面的卡车上抬垃圾桶;还有似乎哪里传出吵架的声音。午夜的城市,原来是夜生活的开始。当我们睡着的时候,有人还在忙碌着。

　　列车在黑暗的隧道里飞驰,一站站过去了,又即将到下一站。思绪也在臆想的隧道里蜿蜒前行。我站在地铁站的出口,望着来来往往的稀少的陌生人,地上,地下,一个世界。深夜,真想唱歌,大声吼的那种,因为我早晚都要酝酿并畅想着清晨列。

后记

开往春天的地铁

今天，戴了两层口罩，额头汗水直流。毕竟，炎热的夏季扑面而来。

早高峰期。一早，见一个白领模样的女生，手里拿着《月亮与六便士》的书籍，另一只手拿着一杯特别稀的粥，透过透明的塑料杯子，颗粒状的米粒清晰可见。她一边通过吸管低头吮吸，一边张望过来的地铁。列车过来，下了零星的几个人，东张西望，口罩严实，急急匆匆。女生扫了一眼人头满满的车厢，发现人异常多，狠狠吸了一口粥，挤着眉头，应该是不敢在车厢里喝粥。她懒散地靠

有一段路，我|们|相|遇|在|地|铁

边，好像准备等下一趟。可是说时迟那时快，后边的队伍一挤，她好像被人架了起来，一下子把她推进了车厢。瞬间，女生尖叫："小心，热粥！烫人！"无奈，她被架空的身体被簇拥在人群里。

嘀嘀的关门警报声紧急如钟，透过布满广告的车厢玻璃，看见她高高举起胳膊，一手是热粥，一手是《月亮与六便士》，胳膊的下面都是颜色各异的口罩和各种各样的眼神……她就这样被架空在人流里。

她的两只高跟鞋被挤掉了一只，双脚腾空，双手还要高高举起，脸上戴着口罩快窒息的样子，发出艰难的呼叫："我的鞋掉了……"不知什么原因，车门快速反弹开，乘务员立即捡起鞋子，直接塞进去了。"别忘了，美女，你的鞋，美女……""谢……谢！"半天，我好像没有反应过来，一群瞪着眼睛戴着口罩的乘客瞬间不见了。"谢谢"这样的词，即便是从戴着口罩的嘴巴发出的，即便隔着厚厚的瞬间移动的车门玻璃，又立刻随列车进入黑黢黢的隧道，即便声音已经被轨道的声响几乎压扁压碎了，这样的声音也温柔而有力度，传进我的耳朵……

幸好，她个子高，投降一样的双手依然高高举起。空中是一本书，还有一杯没有打翻的粥，里面有一根好长的吸

管，红色条纹的，一个白色塑料袋子，好像塑料袋底部还有一个鸡蛋，这边人喜欢吃茶鸡蛋，估计应该是茶鸡蛋了。这个奇怪的出行姿态如同雕像一般深深映入我的脑海。

忙碌了一天，天已很晚，昨日扁桃体有点发炎，手脚没劲，怀疑发热了。好不容易出了地面，想摘下口罩透透气，看见路人都守规则地戴着严实的口罩，我想摘下来也不敢了。路边，一些个体摊亮着五光十色的刺眼的灯管，热闹的夜生活开始了。天有点热，无风，躁动。一个坐在轮椅上，戴着口罩唱歌的男人，三十多岁吧；一个年近六十的老阿姨穿着蓝色的毛衣，时而举起灯，时而到男子旁侍弄话筒。摊位旁边有一台破旧的录音机，发出带着杂音的歌声："寂寞的影子风里呼喊的名字/忧伤的旋律说着陈年往事/所谓山盟海誓，只是年少轻狂……"我在不远处的台阶上蹲下，脚有点发麻，后来坐下，听完这首如泣如诉的歌曲。现场没有人驻足，唯有我一个人。这样的母子，让我想起汪峰的歌曲《北京北京》，想起上午那个拿书和热粥的挤地铁的女白领。此刻，《月亮与六便士》，不知她读完了没有？

对了，今天我做了一件好事，但对方并不领情，而且还挨了对方的白眼。我一般不喜欢抢占门口的位置，上车后径直往中间走，一个三十多岁的戴眼镜的男子，穿着特别时尚

有一段路，我们相遇在地铁

的条纹衬衣，条纹是淡淡的水红色，肩膀上还披着夏天的、板型很正的黑色卫衣，下面是熨烫得很平整的黑色西裤、油亮光滑的棕色皮带、黑棕色亚光休闲鞋，特别干净整洁，一手抓着扶手，一手翻看手机，好像在处理什么文件。旁边有女生嘀咕着什么，戴着口罩在窃笑。抬头一望，眼镜男的裤子拉链没有拉上。啊，天啊！拉链外翻着，甚至内衣的颜色都显露出来，特别尴尬。"有病吧！""看着怪怪的，吓人死了。""报警处理吧！真他妈窝心晦气！""色狼啊！注意点。"……都挨得如此近，怎么办？这几个女生已经愤怒了，认为他是故意的。为了让他赶紧拉上拉链，尽快解决所有不快和误会，我于是上前一步说："欸，你那个没有拉。"他若无其事，不理睬我，原来耳朵里塞着耳机呢。怎么办？我只好碰一下他胳膊，比画着自己的拉链部位，他依然连看都不看一眼。"有病吧！"旁边女生觉得恶心了，想现场直接对决，大有如临大敌的趋势。我只好故意踩他脚一下，他这才说话："注意点，中间这么宽哈！""喂喂，注意你的裤子前开口拉链。"他东张西望，好像觉得不是他的一样。我只好再次说："注意你的裤子拉链。"他的脸立即沉了下来，羞涩地红了一下，整个人瞬间像泄了气的皮球，背过身体没有一丁点儿谢意，而且还白了我一眼。这时广播响了，紧张的空气好像在这一刻稍微松动了一下，他偏着身体挤着胳膊往门口钻，小偷一般，蹑手蹑脚，双手捂住自己的前拉链，一溜烟跑了。

他为什么白我一眼？我一直在思索，我觉得除了那天我没有穿警服外，很重要的是因为他在众目睽睽之下丢了颜面吧。

还有一次，女安检员误把一个衣着中性的男子当作女士。这名男子披肩长发，没有明显的胡须，穿着飘逸的棉麻白色裤子和上衣。裤子老远看像裙子，完全遮住了粗壮的大脚，放眼一看活脱脱是个女生。在检查物品的时候，女安检员不小心用刷子触碰到他的私处，引发尴尬，长发男子大发雷霆，说是故意骚扰。女安检员委屈得哭红了眼睛，而长发男子一口咬定是骚扰。经过查监控和询问笔录，这完全是一场误会，只好好话说尽，"各打五十大板"，让安检女生以后认真点、细心点；让长发男子也稍微在衣着上男性化一点，或者把披肩长发扎一下，或许可以辨别得清楚点。这还真有点难办，但也这能如此了，穿戴是人家的自由，总不能道德绑架吧。

....

地铁刚开通的时候，我不愿意去坐，因为说是试运行，

有一段路，我们相遇在地铁

那时的自己对于尝试新的东西并不抱太大的兴趣，还在心理建设和认知的懵懂期。直到地铁运营了好几年，我才偶尔乘坐一两次，也是在努力地把自己推进新的生活里去。地铁的建设，在我工作的城市里不是很久。以前不习惯，去原单位上班还是公交一族，宁愿坐上几站再换乘。调离原单位后，直接来到地铁工作，开始了坐地铁的生涯。日复一日，来去匆匆，让我渐渐遗忘需要换乘好几条公交路线去原单位上班时的等待和焦虑，包括雨雪天等自然因素导致的无车可盼时的着慌。我快速地在地铁里适应起来，即便地下深邃的空间让自己颇有些惶惶不安。

疫情来袭，整个地铁空间一夜之间没有了人影，一个车厢顶多一两个人，气氛紧张。多年来，我经历过非典时期，这次新冠疫情让人揪心。这是我从警生涯里一次深刻的检讨和反思。一个小小的地铁警察，在我看来，很多事情和我的工作无关，但每一个人的安全牵动我的神经。一张张陌生而拥挤的面孔让每天百万人次的独立个体生活方式得以真实呈现。

我们、身边的陌生人、目的地和地铁形成一张无限交错重叠的移动图谱和无形网络，它是地理的、个体的、记忆的，也是群体的、城市的。我在其中，你也一定在，路过的人都在，只是我们各自有归途而已，因此，我给这段记忆取了一个名字《有一段路，我们相遇在地铁》。

《有一段路，我们相遇在地铁》是一本地铁警官的执勤手记。一个个奇异，甚至奇葩的故事，呈现出一个光怪陆离，却又无比真实的地下世界。这里有俗不可耐，也有"世俗可耐"；有行走于光天化日下的普通人，也有潜伏在城市角落的边缘人……如何看待边缘人？普通人往往出于猎奇心理，而人民警察必须始终对每个人的生活怀抱同等的敬畏与尊重。

我试图以警官的视角，通过所见所闻所感，不掺杂偏见的理性记录叙述，让我们在每一个故事里，看到自己未曾经历、即将经历、也可能永不会经历的触动灵魂的情绪。故事没有高低，只是角度不同；生活没有对错，只是如何面对。这些故事，有时候让我开怀大笑，有时候却笑出眼泪。地铁警官，第一次以文字走出地面，告诉你地上地下的故事。

仓促地写成初稿后，花城出版社揭编辑不厌其烦地沟通鼓励，在编辑过程中和我达成共识——这是一本温暖的书，因为透过现象，看见温暖和感动。这样的文字即将付梓，我深感不安和惭愧。感谢花城出版社，花儿一样的关怀和体贴总在细微之处。因为一段故事，我们结缘，并成为心灵的朋

有一段路，
我｜们｜相｜遇｜在｜地｜铁

友；也因为文化链，我们可以让文字在此开花结果。感谢魏建局长，由于我签约了公安部文联，魏局长总是在百忙之中抽空亲切地关心我的写作，鼓励我说以我这个小兵为荣。感谢主管局长白剑，在每一次会上娓娓道来，让人如沐春风。感谢正规办的马继领老师、主管所长徐其银等，他们如兄长一样勉励和鞭策我，督促之语潜入渗透到我的心底。感谢我的战友、辅警兄弟们以及来来往往的乘客朋友们。此时此刻，我们都在地下。还有那些每天乘坐地铁的同路人，我们共存于一个狭小移动的世界，却一样拥有友谊、欢笑，以及推心置腹的倾诉和安慰。

有一段路，在人生的某一个阶段，我们不期而遇。面对困难，即使我们彼此陌生，也愿并肩前行。对了，尤其在最后一班回家地铁上，如果你想唱一首歌表达此意，一定去请地铁里那位给乘客带来温暖歌声的兵歌哥。那歌声的确有穿透力，能刺破黑暗，光芒四射。最后，还啰唆一句话：很多人说我是警察作家，没有写警察题材，却写了人民，各式各样的人民，个体的，血肉的，哭泣的，微笑的。"人民"这个概念如此广泛抽象，而在我眼里，又是如此具象。人民警察的宗旨就是服务人民，写人民，这也符合我的心愿与感情，因为他们值得。作为一名人民警察，在思维里拥有这一点，我多么庆幸与感恩。

　　于是，我期许，每一趟列车，都是开往春天的。春暖花开，面朝大海。